Caleidoscopio

Caleidoscopio

Elena Solera

Primera edición: febrero de 2025

© Elena Solera, 2025
© Letras Raras Ediciones, S. L. U., 2025
© Andreacariño (IG @andreacarinyo), ilustración portada, 2025

LES Editorial pertenece a Letras Raras Ediciones, S. L. U.
www.leseditorial.com
info@leseditorial.com

ISBN: 978-84-19879-30-1
Depósito legal: MU 2-2025
IBIC: FA, FRD

Impresión: Podiprint
Impreso en España - Printed in Spain

Nota de la editora

¿Quién no ha fantaseado alguna vez con encontrar la clave del amor? Hallar el Santo Grial de las relaciones duraderas, tu media naranja o lo que las películas románticas de sobremesa llaman «el amor verdadero». Pues estás de suerte, porque en la agencia de coaching sentimental Corazones disponen ¡hasta de un manual!, y afirman tener un ¡noventa y cinco! por ciento de éxito... es que no hay app de citas que pueda con esto.

Cuando Caleidoscopio cayó en mis manos, lo primero que me sorprendió fue que nuestra protagonista, la escéptica Tania, se dejara engatusar (a sabiendas, porque es muy espabilada) por los cantos de sirena de estos profesionales del amor. Ella es en estas circunstancias la viva imagen de «¿qué hace una chica como tú en un sitio como este?». Estoy convencida de que con cualquier otra coach se habría dado media vuelta, pero es que Álex no es una coach cualquiera: es la estrella más cotizada de Corazones y eso es por algo.

La pluma de Elena Solera recrea el estilo directo y sobrio de Tania, que va desgranando sus andanzas en primera persona y en presente, lo que genera la incertidumbre de lo que aún no ha sucedido, donde todo es posible... e imprevisible. Y a mí me ha ocurrido eso, pues durante toda la lectura del libro me preguntaba qué pasaría a continuación; tenía intuiciones, pero, amiga, como en la vida, como en un caleidoscopio, nada es tan sencillo como parece. Así que ¿es posible que exista un método (casi) infalible que te asegure el éxito amoroso? ¿Qué es tener éxito en el amor? ¿Acaso puede ser pautado y medido? ¿Y lo imprevisible, dónde queda?

Tengo que hacer una confesión, aquí y ahora, y es que yo soy un poco como Tania (pero sin su insultante atractivo de directora de galería de arte): una escéptica del éxito de las relaciones románticas. Bueno, son dos confesiones, porque la segunda es que he tomado notas del manual de Corazones sabiamente personalizado para cada caso por Álex, la coach milagro. Aún estoy gestionando semejante contradicción.

Solo voy a añadir una cosa más: este libro que lanzamos el mes de San Valentín creo que no sería del agrado de este santo. Para mí, eso es un plus. Espero que sí sea de tu agrado como lo ha sido del mío.

Hasta luego, corazones ;)

Bárbara Guirao

«Cuanto menos invierta en la relación, tanto menos inseguro se sentirá cuando se vea expuesto a las fluctuaciones de sus propias emociones futuras».

ZYGMUNT BAUMAN, *Amor líquido*

«Porque a mí no me quiere nadie, nadie
Todos me rompen el corazón
Yo nunca he sido una romántica
Me va fatal en el amor».

GINEBRAS, *Paco y Carmela*

Acompaña la lectura con la banda sonora de este libro.

RESUMEN AGENDA 2024

Exposiciones comisariadas: 8
Exposiciones organizadas en la galería: 3
Autores nuevos incorporados al catálogo: 5
Citas de trabajo: 88
Citas amorosas: 24
Segundas citas amorosas: 2
Paseos de domingo con pareja: 0
Paseos de domingo con Okif: 54

PROPÓSITOS 2025

¿No resulta
evidente?

1

La última amante que se marchó de mi casa se dejó en el dormitorio el libro que estaba leyendo. Era una copia de *El monje que vendió su Ferrari*. Le escribí para recordarle que se había olvidado la llave de su felicidad sobre la mesilla de noche, aunque yo sabía que no iba a volver porque se había llevado su cepillo de dientes, su neceser y las cuatro prendas que había guardado en mi armario. Respondió con un «jaja» y no volví a saber de ella.

Cuando estoy nerviosa, como antes de dar un discurso o de besar a una chica por primera vez, suelo hacer un chiste bronco, absurdo, sin gracia. Me ayuda a pasar el trago. No soy la típica mujer que quiere caer bien a la gente. A algunas personas puede resultarles un gesto poco elegante, pero, si quiero impresionarlas, lo acabaré consiguiendo. Quienes entienden mis chistes se sonríen, quienes no los entienden muestran un estupor momentáneo que también los pone a mi favor. Siempre consigo lo que quiero, a excepción de una cosa. Por eso estoy aquí. El chico de la recepción está hablando por teléfono desde que entré. Cuelga, me mira y unos segundos le bastan para entender que le gusta lo que ve. Creo que la gente piensa que soy alguien intrigante. Quizá sea por el peinado (llevo rapado un lado de la cabeza), por mi altura (soy más alta que la mujer española promedio) o porque nunca salgo a la calle sin pintarme los labios de un color estrafalario.

—¿La última para el doctor? —comento.

—El dermatólogo está al final del pasillo —obtengo como respuesta.

Broma fallida. Parece que todos los médicos privados de Madrid pasan consulta en edificios antiquísimos, en la calle Ayala o Claudio Coello, como este.

—En realidad, vengo aquí. Soy Tania Sanders.

El recepcionista, fresco y alegre como un anuncio de colonia y con una placa grabada con el nombre de «Dan» prendida en la camiseta (¿Daniel?), revuelve unos cuantos papeles que tiene debajo del mostrador. Tiene el aire fresco de esos treintañeros que están preparando la crisis de los cuarenta convirtiéndose al veganismo. Seguro que viene a la ofi en bicicleta. Esta oficina podría ser la consulta de un dentista, una asesoría fiscal o una tienda de móviles de última generación. Huele a falta de personalidad. Nada emociona de verdad. El único lugar donde alguien se ha esmerado en crear fantasía es la pared del fondo, en la que cuelgan el logo y el eslogan de la empresa con letras fucsias. «Corazones. Amor para siempre». En el resto de la estancia se han distribuido varias fotografías de los profesionales que lo hacen posible, sus *coaches*, y sobre ellas pueden leerse frases motivadoras mal traducidas del inglés. «Toma el control de tu vida amorosa». «Usa metodologías probadas para encontrar al hombre de tu vida». «Descubre todo el potencial de tu energía femenina». Sonrisas de anuncio de hipoteca al uno por ciento, pose de triunfadores y una muestra de diversidad social seleccionada de forma habilidosa por el departamento de *marketing* (una joven racializada, un hombre blanco en sus cuarenta, una mujer con pañuelo).

—Aquí estás. Estos son los datos que nos pasaste por la web y los de la persona que va a atenderte en un momento; es decir, tu *coach*. —Sus ojillos de nutria me miran brillantes y de soslayo mientras se revuelve la mata de pelo estilo *mullet* clásico)—. Puedes sentarte a esperar en la sala.

Miro a mi alrededor y veo a otras tres mujeres sentadas en una pequeña sala de espera, donde la única decoración son sillones tapizados en fucsia y un surtidor de agua. ¿Habrán tardado en vestirse lo mismo que yo? Me avergüenza reconocer que me he probado varias prendas antes de decidirme por un mono oscuro estampado, unos zapatos de salón de tacón fino y un bolso grande que le resta formalidad a todo el conjunto. Algo me dice que en este lugar el aspecto cuenta. La mujer que tengo sentada frente a mí viste un traje gris claro de chaqueta y pantalón y no deja de hablar por el móvil. Su voz desprende autoridad. Me recuerda la elegancia con la que se vestía mi madre cada vez que tenía cita con el ginecólogo, lo cual no puede decirse que no le valiera de nada porque, después de divorciarse de mi padre, acabó casándose de nuevo con un médico. A su lado, una chica muy joven, muy rubia y con el pelo revuelto mira por la ventana. Parece que la acaban de secuestrar en una playa vasca y la han dejado aquí plantada, sola, sin su tabla de surf. Quizá es la dueña de un perro muy simpático que está en la entrada del edificio atado a una farola y que he acariciado antes de entrar. Me ha recordado a Okif, mi labrador. Al fondo de la sala una señora de unos sesenta años lucha por cruzarse las piernas, pero sus muslos se repelen entre ellos como polos de igual signo de un imán. Me siento a su lado. Va vestida con un traje de falda azul marino demasiado abrigado para este tiempo, y no lleva las canas bien cubiertas. Se coloca el pelo a cada instante como si estuviera en una reunión en la que no sabe qué decir. La mujer se inclina hacia mí cada poco tiempo, como si quisiera hablarme, y luego se retira como si hubiera cambiado de opinión. Leo los papeles que Dan me ha entregado y me levanto a hablar con él.

—Tiene que haber una equivocación —digo mientras le tiendo el papel.

—¿En qué sentido?

—El *coach* que me han asignado...

—¿Álex? Pero si Álex es de lo mejor que tenemos por aquí —dice Dan como si eso zanjase cualquier discusión, pero, aun así, me observa esperando una respuesta. Su puño debajo de la barbilla me dice que tengo toda su atención.

—Mi caso es especial. —Bajo la voz, no quiero que me escuchen las desconocidas que están sentadas al lado fingiendo hojear los folletos que están sobre la mesa—. No estoy interesada en hombres.

—Nuestros *coaches*, mujeres y hombres, prestan sus servicios a hombres y mujeres de forma indistinta. Es decir, da igual lo que estés buscando... —Aparta la mirada por un momento para dirigirla al ordenador. Debe de estar recibiendo mensajes a través de la pantalla—. De todas formas, si tienes dudas...

Descuelga el teléfono que suena con su chillido inoportuno. ¿He metido la pata? Puede ser. Nunca estamos libres de prejuicios. Por un lado, entiendo el papel de un hombre en una agencia que promete el amor verdadero, quién mejor para responder a las preguntas de las mujeres hetero. ¿Qué les gusta a los hombres? ¿Qué las agobia? ¿Deben dejarlas pagar la cena? Por supuesto, no se me escapa la jugada de que en una agencia donde todas las clientas parecen mujeres, el recepcionista sea un joven que rezuma nueva masculinidad. «No tenemos *coaches* especialistas en sadomaso, pero seguro que es un conjunto de prácticas similar a otros», le susurra Dan al teléfono. Entiendo que les aporte credibilidad escuchar las respuestas de labios de un hombre, pero ¿cómo puede enseñarme un *coach* hombre algo sobre lesbianas?

—Sé lo que estás pensando. —Dan ha colgado y está destapando un tarro de fruta cortada—. Pero te aconsejo que hables con Álex. Te convencerá.

—Creo que no me he explicado bien...

El teléfono le interrumpe de nuevo y yo vuelvo a mi sitio. No estoy de humor para hablar a retazos de un tema tan importante.

Lo que escucho corrobora que sí que es cierto lo que dicen de ellos: hay lista de espera. Según lo que he leído, el programa de Corazones funciona de la siguiente manera: rellenas un formulario en la página web, la agencia valora tu petición y te asignan al primer *coach* disponible —pueden pasar semanas hasta que uno se libera—. Después, él y su *coachee* se encuentran por primera vez en sus oficinas para trazar un plan de trabajo. Ellos prometen exclusividad e intimidad, pero sospecho que, detrás de los cantos de sirena, se esconde una cadena fabril de soluciones impersonales para los fracasados del amor. Empiezo a pensar que no debería haber venido, que no debería haber caído en la trampa de sus *click to subscribe*, sus *newsletters* y sus innumerables correos de *spam*. Dudo mucho que mis problemas vayan a resolverse con protocolos, recomendaciones o consejos estándar. Cojo un folleto de la mesa. El entusiasmo de sus casos de éxito apesta. «Volví a creer en el amor». «Llevo un año casada y, por primera vez, todo funciona». «Me dejó por otra y volvió a mí gracias a los consejos de Corazones». Luego, los datos. ¿El noventa y cinco por ciento de sus clientes finaliza el programa con pareja? ¿Un setenta por ciento de ellas acaba en matrimonio? Hoy en día las relaciones duran cada vez menos, hombres y mujeres aborrecen el compromiso y la idea del poliamor arrasa, pero solo la idea, porque he oído que la práctica tiene mucho más que ver con relaciones éticas que no acostarte con quien quieras cuando quieras.

Antes de venir, he buscado en foros información sobre Corazones y todo lo que he encontrado en internet adolece del mismo tono empalagoso que el de estos folletos. «¡Tú también puedes lograrlo!», «Reserva hoy tu plaza». Además, hay algo que no entiendo. Si tienen tanta lista de espera, ¿por qué a mí me han llamado enseguida? En definitiva, por una parte el *modus operandi* de la agencia me resulta turbio. Por otra parte, sé que tengo un problema. Nerea me ha dicho que lo pruebe. Es la única amiga con la que puedo hablar de estas cosas. No hizo falta darle detalles. Siempre dice que no lo entiende: soy guapa, inteligente, sé de arte más que nadie que ella conozca —y eso que estudiamos juntas Bellas Artes los dos primeros años, así que ella también conoce a muchos artistas— y me he abierto camino como galerista como una mercenaria. Da igual. Llevo años encadenando relaciones que solo duran semanas y fingiendo que eso no tiene la menor importancia. Por eso quiere que venga. A las malas, no me vendrá mal hablar de mis sentimientos con alguien.

—¿Eres la hija del doctor Sanders? —La señora del traje de lana por fin se ha decidido a hablarme.

—Sí.

—Tienes sus ojos.

Me lo dice mucha gente. Es mi herencia: unos ojos marrones con una extraña fijación a volverse dorados, casi amarillos, y un sentido del humor incomprensible. Ah, y el gusto por el arte.

—Dale recuerdos de Adelina Suárez.

—Lo haré... —Si me decido a llamarlo algún día.

—Tania, ya estoy contigo. —Agradezco que Dan nos interrumpa.

—¿Solo atendéis a mujeres? —le pregunto.

—¿Cómo? Ah, no. El servicio es para mujeres y hombres. Hoy sois todas mujeres por casualidad. —Sus párpados se mueven demasiado deprisa por un instante y luego susurra—. Bueno, al principio venían solo mujeres, pero ahora han empezado a venir también hombres.

—La gente os necesita —respondo sin esconder un tono sarcástico.

—Solo tienes que mirar la sala.

—Tal y como lo explicáis en la web, parece un milagro.

—Nada de milagros. Profesionales formados en las universidades más prestigiosas de Estados Unidos y muchos años de experiencia en asesorar a personas con problemas en sus relaciones, una metodología de éxito y atención 24/7.

—Parece que alguien se ha estudiado el manual de ventas al dedillo.

—Me pongo en vuestras manos. Solo que, en realidad, pienso que para un hombre puede ser complicado llegar a entender qué me atrae a mí de una mujer. Creo que me costará hablarle de un tema tan personal.

—No entiendo bien a lo que te refieres, pero ¿puedo darte un consejo?

—Claro.

—En realidad, es el mismo de antes. Habla con Álex. Te va a encantar. —El teléfono vuelve a sonar—. De todas formas, si no es de tu agrado, no vamos a poder asignarte otro *coach* hasta dentro de un par de meses. Y cuando estás sola, lo digo por experiencia, eso es una eternidad... Ya puedes pasar. —Levanta una mano como para retirarse dignamente el pelo, que no le cae, de la cara y luego señala un punto detrás de mí—. Te espera en el despacho 7. Pasa por aquella puerta y... ¡suerte!

Quiz: ¿Por qué estás soltera?

1 Cuando se trata de coquetear, ¿con qué animal te identificas?

a) ~~Una leona.~~ *Si abrimos la veda a seres mitológicos, soy*
b) Una sirena. *¿?* *la esfinge: cabeza humana y cuerpo de león*
c) Una gata.

2 ¿Cómo reaccionas cuando alguien te invita a salir?

a) «¡Claro! ¿Cuándo y dónde?».
b) «Lo consultaré con mi agenda». *y con mi terapeuta*
c) «¿Salir de casa? No, gracias».

3 ¿Qué haces cuando te gusta alguien?

a) Te lanzas sin pensarlo dos veces. *Dos veces son demasiadas*
b) Insinúas algo... o eso crees.
c) Esperas a que la otra persona lo adivine, porque hablar es mucho pedir.

4 ¿Cuál es tu idea de una noche perfecta?

a) Cena romántica con velas y buen vino.
b) Algo casual, plan improvisado pero divertido.
c) Yo, mi cama y una buena novela romántica.

d) Yo, mi cama y buena compañía

5 Cuando te dicen que deberías conocer a alguien nuevo, tu primera reacción es...

a) «¡Por supuesto, mándame su contacto!».
b) «Veremos, no prometo nada».

c) *«¿De verdad tengo que socializar?»*

2

—Bienvenida, Tania. Me alegro de conocerte.

Así que Álex es una mujer. Menuda sorpresa. Y además se ha aprendido el manual de ventas de Corazones de cabo a rabo porque debe de decir algo como: «Dirígete siempre a tu cliente por su nombre de pila. Crea una conexión personal con ella desde el primer minuto».

Se ha levantado de la silla en cuanto he entrado en la sala y me ha ofrecido la mano con un gesto sincero en apariencia. En la otra mano lleva un portafolios. Aquí no hay mesas, solo dos sillas, una pizarra blanca, un borrador y muchos rotuladores. La sala está fría como la superficie de los metales. Hay tanta humedad que, si no fuera por la luz fluorescente, pensaría que estoy en una cueva. O quizá sea por la primavera: estamos en ese momento en que el interior de los edificios sigue helado mientras que fuera ya se puede caminar sin abrigo. Todas las paredes han sido pintadas de blanco hace poco. El mobiliario tiene el aroma a caucho de las cosas de estreno. La mujer me ofrece el asiento que está libre.

—Supongo que debes de ser Álex Castañeda.

—Mi nombre completo es Alejandra, pero prefiero Álex y, en efecto, voy a ser tu *coach* durante las próximas ocho semanas... —Permanece de pie hasta que hago el ademán de sentarme.

Antes de tener la galería, fui comisaria en exposiciones en diferentes partes del mundo. Tuve suerte y no tuve miedo de moverme allí donde me llamaran por insignificante que fuera la muestra o el encargo. He conocido a muchas personas y Álex me parece del tipo encantadora de serpientes. Se expresa con dicción de actriz y acompaña cada frase con una sonrisa-mueca que debe de ensayar en el espejo todas las mañanas. Tiene los ojos verdes, grandes y redondos, y el pelo del color de las hojas de nogal antes de caer. Lo lleva un poco largo, lo suficiente para poder pasar sus dedos entre los mechones, pero no para poder recogerlo. Admito, a mi pesar, que sus gestos reconfortan y también su aroma a lavanda. ¿Es ese su perfume? Desde que nos sentamos, está contando la historia de la empresa, que no me interesa en absoluto, así como el precio del programa, que como parte de mi enajenación sentimental decidí que voy a pagar —ya no estoy tan segura—, y cada vez que termina una frase deja que sus sonidos mueran en el eco de la habitación. No lleva anillo. Viste una camisa blanca, una falda de tubo estrechísima y sobre el respaldo de la silla tiene colgada una americana marrón, un color que a todas luces no le favorece.

—Perdona que te interrumpa. Quería decirte que tengo dudas. No sé si eres la *coach* adecuada para mí. —La he parado en seco y acusa el golpe con elegancia, apenas ensancha el verde de sus ojos—. He intentado explicárselo a Dan, pero me ha recomendado que hable contigo.

—¿Dudas? —No se altera. Su cabeza busca la sección «Dudas» del manual de ventas—. Sí, claro. Mucha gente las tiene. No te preocupes. Al final de esta entrevista ya no las tendrás. Tengo uno de los mejores ratios de éxito en Corazones. —Me guiña un ojo y sonríe tanto que las comisuras de los labios podrían tocar sus orejas.

—No se trata de eso. A decir verdad, pensé que eras un hombre y mis dudas iban más por ahí. No creo que un hombre cishetero pueda llegar a comprender lo que siento. Pero ahora que te veo... Apenas te conozco y no quiero ser grosera, pero no sé si alguien como tú puede ser mi consejera sentimental.

—Preferimos llamarlo *coach*.

Álex echa un vistazo a los papeles de su carpeta. Sus labios ya no se estiran de forma artificiosa. Alguien llama a la puerta. Se disculpa con palabras breves, se levanta y no sé si es consciente del martilleo elegante que sale de sus zapatos, totalmente desaconsejables para el adoquinado de aquella parte de Madrid. Salta a la vista que le preocupa su físico. La falda le queda algo apretada del vientre, como si hubiera engordado de esa parte recientemente. Sin embargo, las mangas de la camisa dejan ver unos antebrazos que visitan con frecuencia el gimnasio... ¿O quizá la playa? ¿Será de esas cuarentonas que acaban de aficionarse al surf? Habla con Dan. Luego regresa, se sienta erguida sobre la silla, cruza las piernas y me observa intentando ver más allá de mis ojos, que han querido escapar por un momento hacia sus muslos torneados. La calidez de esa mirada contrasta con el ascetismo gélido de la habitación. Sonríe de una forma casi infantil, como una maga que está a punto de sacar un as de corazones de la parte de atrás de mi oreja.

—Supongo que esperas que te suelte un discurso para convencerte. Pero veo en tu ficha que eres una mujer emprendedora y seguro que muy inteligente. Te voy a proponer algo distinto. ¿Estás dispuesta? Creo que, si lo hacemos de esta manera, podremos empezar a dibujar un plan de trabajo, que es para lo que nos hemos reunido hoy, y al mismo tiempo resolveremos tus dudas.

—¿Quieres que nos pongamos a trabajar hoy mismo?

—Sí, claro. Siempre que te comprometas a hacer de este programa una prioridad y a dedicarle el tiempo que se merece. Todas andamos muy estresadas, pero en Corazones solo trabajamos con mujeres que tienen claro que van a darlo todo por encontrar al amor de su vida. También debes entender una cosa. Según me han dicho, el equipo de selección ha dado prioridad a tu ficha. Esto es un regalo y solo podemos empezar ya si te comprometes a abonar hoy mismo el importe del curso. Hay muchas mujeres que quieren trabajar con nosotros.

—¿Y en qué consiste esa propuesta?

—Pues mira, saltándome todas las recomendaciones y los manuales de la agencia, te voy a proponer un intercambio. Yo te cuento una confidencia, algo muy personal que te ayude a saber cómo soy, y a cambio tú me cuentas cómo han sido tus relaciones amorosas hasta la fecha. Cuando salgas de la sala, tú decides. Pero debes tener en cuenta una cosa: en Corazones solo estamos dispuestos a trabajar con gente decidida a cambiar su vida.

El truco es evidente. Me cambio de sitio la melena y me odio en ese mismo instante. Sé que ese gesto demuestra inseguridad. Está intentando engañarme. Las dos sabemos que la mayor parte de la sesión de hoy tenía que referirse a fijar objetivos, es decir, que yo le contara qué espero obtener de mi participación en el programa de Corazones, y a que yo hablara de los problemas que he tenido hasta ahora. Lo único novedoso es que se está ofreciendo a contarme algo más sobre su vida, algo que, por supuesto, no voy a rechazar.

—Adelante.

—Pero, antes, tengo que preguntarte una cosa. En tu ficha dice que eres bisexual, es decir, te atraen hombres y mujeres. Ahora bien, dices que no sabes si quieres trabajar conmigo. Creo adivinar por dónde van tus dudas. ¿Piensas que una mujer hetero no puede darte consejos para... enriquecer tu vida sentimental?

—Dudo que puedas entender todos los matices.

—¿Por qué no podría? *Love is love*, ¿no es así?

Casi pongo los ojos en blanco.

—Alejandra, sabía que habría problemas con esto desde el primer momento.

—Tania, ¿te importa llamarme Álex? —A la maga le gusta regular la intensidad de las conversaciones—. Creo que no me he explicado bien. Ante todo, tengo muchas amigas lesbianas...

—Ya estamos.

—¿Cómo que ya estamos?

—Ese rollo solidario-posmoderno-acepto-cualquier-tendencia-sexual-por-friki-que-me-parezca porque tengo una amiga, rara, que también es como tú.

—Yo también puedo ser terriblemente irónica, Tania. —Álex se cruza las manos sobre la rodilla izquierda inspirando con lentitud.

Creo que se le han quitado las ganas de sacar un conejo de la chistera. No me estoy portando bien con ella. Debo aflojar un poco. Al fin y al cabo, estoy aquí porque necesito ayuda y la mujer es agradable.

—No sé si puede explicarse, Álex. —Pronuncio la última palabra de manera extraña, buscando sus ojos y dejando que sienta la victoria de oírme pronunciar el nombre por el que quiere que la llame—. Pero a mi edad ya he vivido lo suficiente. Mi escepticismo tiene que ver con sentimientos muy profundos, con mis experiencias y, sobre todo, con la intuición.

Se toca el mentón sin perderme de vista. Ve mi bandera blanca. Le gusta.

—Entiendo. Igual hemos empezado metiéndonos en aguas demasiado pantanosas. En fin, voy a cumplir mi promesa. —Agrava la voz para continuar—. Te había dicho que te haría una confidencia. Allá va. Soy una mujer que duerme con peluches. ¿Te ríes? Es cierto. Tengo un niño de cuatro años y, aunque he intentado de un montón de maneras distintas que duerma solo, siempre acaba viniendo a mi cama a mitad de la noche, como a las dos de la madrugada, y siempre cargado de, con suerte, un peluche de George, el hermano de Peppa Pig. Si no hay suerte, viene con el Capitán América y acabo despertando con algún arañazo como... como este. Así que si un día vengo al trabajo con unas ojeras hasta los pies, ya no hace falta que preguntes por qué.

—Eso es trampa.

—¿Por qué?

—Debería ser sancionable usar a tu hijo para caerle bien a una desconocida.

—Llevas razón... —Se queda pensativa un momento, mientras mira la ventana y sonríe. Debe de estar recordando otras fechorías del pequeño—. Pero si perdemos más tiempo hablando de mí no podremos salir de esta reunión con los deberes hechos, así que... apúntalo en mi cuenta. Te debo un secreto sobre el amor. Bien, ahora es tu turno. Dime, Tania, ¿qué me cuentas de ti? Sobre todo, me interesa saber qué relaciones sentimentales has tenido hasta la fecha y por qué no han funcionado.

La maga del amor sabe cómo sacar una sonrisa cuando sus clientes están nerviosos. Acepto su tregua, no sin callar un momento, para que le quede claro que sus embustes cuelan solo a medias.

—Creo que la primera persona que significó algo para mí fue Alonso. Éramos compañeros de la facultad, pintaba y yo estaba fascinada con sus cuadros. Mucha gente estudia Bellas Artes porque no sabe qué hacer con su vida. No era su caso. Tenía futuro. Por entonces, él salía con una chica de buena familia, como la suya. Quedábamos a escondidas.

Le cuento que nuestra historia duró tres años y durante ese tiempo él siempre tuvo una novia oficial. Nuestra relación no era solo algo físico. Él me contaba los proyectos que tenía en mente, cómo los preparaba... Luego, me enseñaba las pruebas e incluso discutíamos sobre ellas. Compartíamos una visión sobre el arte, pero no sobre el futuro. Se acabó porque yo empecé a ver a otros artistas. No me acostaba con ellos. Fue una época de mucha curiosidad. Tenía un ansia tremenda por saber. Cualquier tendencia en un barrio perdido de una capital europea me interesaba. Viajaba mucho y siempre buscaba lo mismo: que un creador me abriera la puerta a su mundo interior. Creo que Alonso sintió celos de que yo hiciera con otros lo que hacía con él: compartir una noción del mundo. Madre mía, no sé si Álex entenderá una palabra de todo esto.

—Creo que vamos por buen camino. Cuéntame más.

—Creo que debo hablarte de la persona que más tiempo estuvo en mi vida. La gente dice que hacíamos buena pareja.

—¿Qué os unía?

—Trabajaba en temas de tecnología. No le iban mal las cosas. Le encantaban las cámaras. Nos pasábamos la vida en eventos. Me presentaba diciendo que me dedicaba al arte, así en general. —Vuelvo a sentir una corriente helada aunque la sala parece casi hermética—. Los demás respondían con ooohs y aaahs.

—Veo que «pasión» no es la primera palabra que se te viene a la mente.

Supongo que Álex ya sabe que la pasión en una relación no lo es todo. Debe haber complicidad, ¿no? Gerardo no era mala gente, pero no teníamos nada de qué hablar. Lo dejamos al poco tiempo de marcharme a Bélgica. Me ofrecieron un trabajo en Amberes. Era fabuloso, el típico proyecto que, si lo haces bien, te coloca en un nivel distinto. Estaban organizando un museo desde cero: un proyecto de rehabilitación urbana del puerto. Había cientos de naves vacías, espacios gigantes que llenar de contenido y muchas obras de arte desperdigadas por almacenes de instituciones públicas, colecciones privadas y pequeños museos. Eran tesoros de la época colonial holandesa. Estaban contratando comisarios de diferentes partes del mundo. Me pareció un milagro que me llamaran. Cuando me fui, ya sabía que la relación estaba rota. Debía vivir en Países Bajos durante dos años. Poco a poco, Gerardo y yo fuimos espaciando las visitas hasta que rompimos.

—¿No dices nada? —pregunto. Álex ha dejado de tomar notas sobre el portafolios.

—Tengo la intuición de que todavía no me has hablado del gran amor de tu vida.

Me empieza a caer bien esta Álex. Es más lista de lo que parece.

—Es cierto. Pero me parece que es por desidia. No he tenido buenas experiencias en los últimos años. Todas mis relaciones se han disuelto antes de significar nada. Casi todas acaban pasados unos tres meses y algunas veces ni eso. No sé por qué es. Pero siento que, para ellas, quedarse conmigo nunca es la opción correcta. Siempre se van en busca de algo mejor. No guardo rencor a la gente que pasa por mi vida sin detenerse, pero tampoco cariño. Solo hay una persona a la que no he podido olvidar.

—¿Y bien?

—Me cuesta hablar de ello.

Asiente, se queda pensativa, me observa como si leyera algo en mi frente que a mí se me escapa.

—Te entiendo —dice con mucha convicción, da un poco de ternura—. Mira, yo he tenido romances de película, grandes decepciones, he roto con hombres, me han dejado, me he sentido traicionada y he buscado el amor en todas partes hasta convertirme en una profesional obsesionada con los mecanismos que mueven a la gente a enamorarse para siempre. Por tanto, cuando tengas que contarme algo difícil, piensa que yo también he estado en tu lugar.

Álex parece decirlo con buenas intenciones, pero definitivamente no estamos en el mismo lugar. Nadie sufre lo mismo por amor. Lo sé porque he estado enamorada, porque he soñado con compartir mi vida con esa mujer, porque lo he dado todo para que se viniera conmigo. Sé lo que es despertar por las mañanas agarrada a su cintura y besar su nuca después de apartarle el pelo, aun sabiendo que nuestras vidas tienen que separarse. Sé lo que es sentirse lista para amar y obtener a cambio soledad e incertidumbre. Por eso creo que nadie puede entender el cataclismo que Nina Xatruch marcó en mi vida. Ni siquiera debería intentarlo.

—Te lo contaré, Álex.

Test: Averigua si tienes más energía femenina o masculina

1 En cuanto a tu motivación personal en el trabajo...

a) Necesitas entender el significado y el propósito de lo que estás haciendo. Todo tiene que tener sentido para ti.

b) Te sientes inspirada por conseguir objetivos, progresar, ganar dinero y conseguir el mayor éxito posible.

c) ¿¿Inspiración?? Que las cuentas cuadren a final de mes...

2 ~~¿Cómo manejas los problemas?~~

yo no tengo problemas que solucionar, solo decisiones que gestionar

a) Te tomas el tiempo para reflexionar y comprender tus emociones antes de actuar.

b) Prefieres buscar soluciones rápidas y eficaces, resolviendo el problema lo antes posible.

3 ¿Cómo tomas decisiones importantes?

a) Sigues tu intuición y tus emociones, dejando que guíen tu elección.

b) Tomas decisiones de manera lógica y racional, basándote en hechos y análisis. *YES*

4 ¿Qué prefieres hacer en tu tiempo libre?

Una galerista nunca cierra. Siempre está trabajando

a) Disfrutas actividades que te conecten contigo misma, como la meditación o el arte.

b) Te gusta estar activa, hacer ejercicio o trabajar en proyectos que te reten.

5 ¿Cómo describes tu estilo de liderazgo?

a) Te enfocas en la empatía, la colaboración y el apoyo al equipo.

b) Prefieres liderar con autoridad, asegurándote de que se cumplan los objetivos y se tomen decisiones firmes.

¿Dónde está Marcela cuando la necesito?

3

Me ha convencido. ¿Cómo es que me ha convencido? A la salida de la reunión, Álex me ha entregado un papel que lleva por título «Compromiso». Lo paseo por la sede de Corazones como una niña con un boletín lleno de sobresalientes. Vale lo mismo que un certificado de matrimonio entre caracoles. Es uno más de los actos que sustentan la parafernalia destinada a que ninguna de las posibles clientas de Corazones salga de la oficina sin pasar por la guillotina financiera de su programa. En total, son casi tres mil euros por apenas dos meses de trabajo, distribuidos en cuatro módulos. Los tres primeros transcurren en el plazo de un mes. El cuarto, en el segundo. Al pasar por la entrada Dan se pone en pie. Si no fuera un chico tan simpático, pensaría en él como un cazador al acecho de un cervatillo indefenso. Adoro que me estafen con amabilidad. Le entrego el compromiso firmado y saco mis tarjetas que, bailarinas y clarividentes, se me escurren entre los dedos. ¿Cuál cojo? Mira, da igual. Mejor no pensar demasiado en cómo voy a arreglármelas. He dicho que quiero un cambio en mi vida y voy a ir a por él. Siempre puedo llamar a mi madre: nunca me prestaría dinero, pero puede enseñarme a cazar médicos.

—Llevabas razón. Álex parece competente.

—Te va a ir muy bien. Ya lo verás. —Dan me hace entrega de un libro tamaño biblia ilustrada que puede tener más de setecientas páginas. En fin, supongo que es el premio por contribuir con semejante dineral a la industria del amor. Espero que, al menos, genere puestos de trabajo.

En la sala sigue la mujer que me ha dado recuerdos para mi padre. Me pregunto si todos los clientes han pagado lo mismo, si todos han recibido el *regalo* de poder saltar la lista de espera si pagan el importe total del programa antes de salir de Corazones, si a todos les han puesto la miel en los labios incitándoles a soñar con cómo podría ser su vida si la compartieran con alguien. La señora del traje azul marino me sonríe una vez más. No parece que tenga problemas de dinero, pero... ¿qué tengo yo en común con ella? Al pagar por unirme a Corazones, estoy aceptando que ellos entienden el mecanismo por el que se produce el amor. Si esto es cierto, este dinero me parece poco. Pero hay una voz dentro de mí que me pide que salga huyendo cuanto antes. Por tanto, tengo que hacer lo que siempre hago con mi yo interior. Ignorarlo.

Salgo por la puerta de la agencia dos horas después de haber entrado por ella. El perro atado al bolardo ha desaparecido. El día se ha vuelto ventoso, desagradable. Hay hojas verdes, casi recién brotadas de los árboles, esparcidas por el suelo. Me cambio el libro de un brazo al otro, sin saber muy bien cómo llevarlo. Opto por aplastarlo contra mi pecho como una colegiala. Son los materiales que necesito para cursar —es la palabra que utilizó Álex— la primera fase del plan de trabajo de Corazones.

De un momento a otro se pondrá a llover. Sin embargo, la luz natural que se escapa entre las nubes calienta mi cuerpo congelado. Me reconforta. Me vendría bien una copa de vino. Necesito sentir ese calor en el estómago. Tengo ganas de empezar a trabajar con ellos. En serio, ¿todos los que pasan por sus manos consiguen pareja? ¿Cómo lo hacen? Camino todo lo rápido que me permiten los tacones. Ahora que he salido pienso que mi atuendo era algo exagerado, unos vaqueros y unas Converse hubieran valido. Tengo el Mini mal aparcado, pero no voy a correr. Necesito pensar. ¿Estoy a tiempo de reclamar mis tres mil euros? Bueno, parezco una abuela roñosa, de esas que hacen marcas en la botella de coñac cuando tienen invitados. Bajo esa apariencia de escritora de libros de autoayuda, Álex parece que tiene algo que contar. Pero nunca podría hacerme amiga de una mujer a la que le gustan las americanas marrones. «En realidad, los problemas para llegar a tener una relación de amor duradera casi siempre se repiten», me explicó. «El primero es la falta de compromiso. Tienes una relación y pasan años sin que ninguno de los dos deis pasos significativos: conocer a la familia, vivir juntos, matrimonio (o lo que lo sustituya). El segundo, la pérdida de interés. Después de varios meses, la relación se enfría y, aunque estás segura de que quieres estar con esa persona, ella se ha vuelto distante y ya no quiere hacer planes contigo. El tercero es querer recobrar a alguien que te ha descartado como pareja». Ella esperó a que le confirmara si Nina es agua pasada o deseo recuperarla. Al notar mi silencio, continuó: «Todos estos problemas generan lo mismo: la ansiedad por conseguir que te quieran y una atención obsesiva, que acaba con la persona amada huyendo de ese horno a presión». ¿Me molesta que lleve razón? Sí. Y me irrita aún más que insista en que no cierre la puerta a los hombres. «En mi opinión, no se trata de hombres y mujeres, se trata de que las personas nos centramos en encontrar a alguien que cumpla todas nuestras expectativas, cuando debemos fijarnos más en crear una dinámica que funcione a largo plazo». He de reconocer que, cuando me dijo eso, me sentí de nuevo un sujeto de laboratorio, una rata, una preciosa ratita que no sabía cómo explicarle al investigador que solo quiere compartir su queso con otras ratitas. «Nuestra metodología se basa en tres ejes. El primero es generar el caldo de cultivo para atraer a posibles amantes. El segundo consiste en ayudarte a que tus citas acaben con éxito (y, para nosotros, el éxito se mide en que ambas deseéis tener una segunda cita). Por último, cuando ya has quedado con esa persona en varias ocasiones y existe una relación, vamos a trabajar para que esta se transforme en un compromiso a largo plazo».

Cambio el libro de mano. Está lloviznando y no veo las baldosas del suelo con claridad. Mi destreza con los tacones es la de un elefante que lava los platos con guantes. Me pongo el libro sobre la cabeza. No sé cómo de importante es que la biblia del amor se convierta en sopa. Por fin, llego al coche. Dejo el libro sobre el techo blanco y abro el maletero para cambiar los tacones por las deportivas. Entro en el vehículo. Aparto las botellas vacías para dejar el bolso en el asiento de al lado. El manual está mal encuadernado. Es poco más que páginas impresas y copiadas en una fotocopiadora sin pasar por las manos de un editor. Tiene la misma pinta que los apuntes de una asignatura del Grado de Derecho, una aburrida y pesada, como Derecho Procesal o Canónico.

Las secciones parecen sacadas de una revista femenina:

«Descubre tu energía femenina y sácale el máximo partido».

«The Dating Ring: cómo conseguir citas con los hombres que te interesan».

«Citas: el partido se juega entre la primera y la segunda cita».

«Di no a hombres y mujeres tóxicos».

«Consigue que se enamore de ti y quiera llamarte todo el rato».

«La primera discusión».

«El anillo: cómo atraparlo».

«Diez trucos para que el misterio nunca abandone tu relación».

Se ve que el departamento de *marketing* todavía no ha tenido tiempo de ponerse con esto. ¿Atrapar el anillo? ¿Energía femenina? Creía que el mundo ya había aceptado que las comedias románticas americanas se escriben para llenar las salas de cine. En serio, si no estuviera ya metida en el coche —y si no tuviera ya suficiente suciedad para llenar dos papeleras—, igual vomitaba. No creo que se notara. Lo tengo que limpiar un día de estos. ¿En serio? ¿A la gente le gusta leer estas memeces? Hay tantas cosas mal planteadas respecto a la idea que tengo del amor que no sé por dónde empezar. Siento una mano pueril detrás de toda esa sarta de lugares comunes. Álex me ha puesto sobre aviso: «El manual no se ha escrito para una única persona y sé que, cuando abras la primera página, vas a pensar que tú no eres el público objetivo. Échale un vistazo y en la mentoría iremos adaptándonos a lo que tú necesitas». Del lenguaje inclusivo, ni rastro. De las orientaciones sexuales no canónicas, ni una palabra. Una consultora sentimental seria debería entender de estos temas, ¿no? Me voy a la parte de atrás para ver si hay referencias, si citan autores, quién lo imprime... Nada. ¿De dónde vienen estas supuestas enseñanzas? Tiro el libro al asiento de atrás y se queda enterrado entre los juguetes de Okif. Creo que, entre los pelos del perro y las cosas que no tiro, invitar a una mujer a hacer una ruta el fin de semana está descartado por el momento como método de conquista. ¿Ves? Ese sí es un buen consejo amoroso: «Limpia el coche». Arranco.

Tengo dos semanas para leerme la biblia de los sentimientos y después Álex y yo nos reuniremos en una sesión de tres horas —con pausa para un almuerzo ejecutivo— para extraer qué elementos del manual son útiles para mí. Con lo que he visto, se lo puedo ir avanzando ya: ninguno. Después vendrá el Text Training, un taller sobre cómo comunicarme con posibles pretendientes a través de *apps* y mensajería (debería reunirme con ella en la tercera semana para hacerlo). La verdad es que no soy muy amiga de la tecnología. «Si el setenta por ciento de tu círculo social fueran artistas y ancianos, lo comprenderías», le dije. Ella ha insistido: «Decimos mucho a través de nuestras frases. Codificamos y decodificamos mensajes de amor a través de las palabras. Una nota de WhatsApp para quedar una noche también contribuye a fortalecer una conexión. O debilitarla». No pude evitar soltar una carcajada cuando Álex me explicó en qué consistía la siguiente fase: The Date Play. Tengo que participar en una cita simulada en la sede de Corazones. Mi pareja será una actriz formada por la propia empresa y tendré que comportarme como si hubiéramos quedado a cenar. Álex lo observará todo, tomará notas y después comentará conmigo qué cosas debo mejorar.

Por último, cuando esté preparada para enfrentarme de nuevo al mundo real, Álex actuará como mentora, preparando conmigo las citas, comentándolas después y guiándome para acabar cumpliendo mi objetivo.

—¿Cuál es mi objetivo?

—El mismo que el mío: que encuentres una pareja para toda la vida.

Al final ha insistido en un punto. Corazones no busca citas para sus clientes. Me parece bien (ni la surfista, ni la ejecutiva agresiva, ni la abuela del traje azul eran mi tipo). Además, no creo en las aplicaciones de *match*. No trabajan con supuestos realistas. Si fumas, te ponen con alguien que fume. Y ¿qué ocurre si una mañana te levantas y ya no quieres volver a fumar el resto de tu vida? Tengo claro que son esos detalles insulsos los que hacen que me fije en una mujer, como cuando vi a Nina por primera vez. Ella se acababa de incorporar al equipo de restauración. Celebrábamos que la dirección del museo había conseguido fondos para que Luc Tuymans, el mejor artista de mosaicos del momento, creara la obra que estaría en la entrada del edificio. Nos habían citado en un bar de los suburbios de Amberes.

Al *pub* se entraba por una puerta como de casa antigua o de campo. Después de atravesar el patio, se accedía al salón, donde habían colocado una barra, mesas y sillas. Al fondo, delante de una chimenea, actuaba una banda de *jazz*. Ella estaba sentada en uno de los sofás ignorando lo que le decía el chico de al lado, un antropólogo galés que se había dejado crecer el pelo a lo afro, mientras tamborileaba con los dedos sobre su muslo al compás de la música. Mecía el pie, calzado con sandalias, al ritmo de las melodías improvisadas. Llevaba un vestido estampado con flores y tenía los brazos morenos, como si acabara de llegar de Brasil o del Caribe. Fuera podría ponerse a nevar en cualquier momento. Me senté con ellos y fingí atender la anécdota del galés, que había vuelto hacía unos días de un viaje a las islas inhabitadas del Pacífico. Me pasé los siguientes diez minutos observando con detenimiento cada uno de los rasgos de aquella chica que ignoraba en qué estación nos encontrábamos. Tenía las orejas pequeñas y unos labios del color de las cerezas. Ella se levantó de repente, dejando las palabras del galés mecerse solas en las notas de *jazz*. Por la ventana vi que había comenzado a nevar. Salió al patio y yo fui tras ella. Se puso a girar debajo de esos copos diminutos que le caían sobre la piel que su vestido y las sandalias dejaban al descubierto. La tocaban y se derretían al momento, y yo sentí el impulso de besarla.

Dejo el coche en la calle Méndez Álvaro, muy cerca de Atocha y el Reina Sofía. Esquivo algunos turistas despistados que han salido por la puerta equivocada de la estación. Tengo un montón de llamadas que hacer cuando llegue a la galería y necesito echar un vistazo a mis cuentas bancarias para ver cómo pintan las próximas semanas después del sablazo de Corazones. Aparco peor que nunca y eso que he hecho tres maniobras para dejar el coche. ¿Qué hago? ¿Me llevo la biblia? En la galería la única que puede encontrarla es Marcela, y no creo que le dé mucha importancia. Me la llevo y, para cuando llego a la altura del Reina Sofía, pienso que no sabré responder a sus preguntas, si las hace. Me encanta entrar a la calle desde la plaza del museo. El Conservatorio Superior de Música se queda a la derecha y rara es la vez que una escala de flauta o unos vibratos de violín no acompañan el paseo. La pendiente de la calle, sobre todo al inicio, te obliga a ralentizar la marcha y mirar hacia arriba. A los lados quedan los árboles, un par de cafés en los primeros números de Santa Isabel, y cuando has retomado el aliento, tuerces a la izquierda. En los bajos de esa calle menuda, bajo la sombra de unos árboles no demasiado altos y con un nombre bastante feo, se esconden algunas de las galerías más interesantes de Madrid. Me dispongo a levantar el cierre haciendo de nuevo equilibrios con el manual. No sé qué pretenden en Corazones. O peor aún, lo sé y me resisto a que jueguen con mis esperanzas. ¿Es posible aprender a amar? Es más, ¿es posible aprender a que te quieran?

Lo que sé es lo que he vivido... Y lo que he vivido es la certeza de que había una persona en el mundo que cabía a la perfección en la media nuez que dibuja mi cuerpo cuando me quedo dormida. Ella me descubrió un mundo de caricias francas que hasta entonces solo había intuido. Le caía bien ese papel de instructora, casi de meretriz. Las noches que pasamos juntas las dedicó a ejercerlo sin tregua ni condescendencia. Han pasado los años y, cuando recuerdo aquellas noches en aquel piso ridículo, pequeño y gris, aún sigo intentando descifrar el nuevo código que escribimos juntas. Nina era una manera distinta de estar en el mundo. Aún hoy, cuando vuelo a Maastricht o a Brujas, a Róterdam o a Amberes, y me recibe esa lluvia cansina y débil, me viene a la mente la extraña calidez que su abrazo, sus besos y la yema de sus dedos eran capaces de despertar.

Prepárate para una relación larga

Rellena los espacios en gris.

1 He comprobado que soy una persona emocionalmente

flameante (estable/inestable).

2 Superé hace tiempo mi última ruptura y llevo una relación

¿cuál de ellas, ellos, elles? (sana/conflictiva) con mi ex.

3 Me gusta definirme como un *ramo de ortigas* (mar en

calma/montaña rusa) de emociones.

4 A pesar de que a veces tengo inseguridades y dudas, sé

controlarlas y estas no serán una fuente de *Una certeza es que*

(certeza/incertidumbre) para mi pareja. *no puedo comprarme un O'Keeffe*

5 La *saliva* (sinceridad/fingimiento) es la base de

toda relación.

6 Mi mayor aliciente en la vida es mi mundo *el arte por el arte*

(interior/exterior). *(y cuadrar las cuentas)*

7 Con mi pareja, me gusta hablar sobre todo de *petricor*

(pasado/futuro).

4

Ha pasado una semana desde nuestra primera sesión. Hoy me he arreglado como una buena chica, pelo suelto y un vestido de crepé mostaza. Al pasar por la recepción, he notado que Dan aprueba mi atuendo, que es una manera como otra de recordarme que he decidido mantener la guardia baja y no volcar todo mi escepticismo en cada frase de Álex. Ella lleva el pelo despeinado, el *bob* hace tiempo perdió el filo que le da sentido al corte, demasiado largo para el *look* de profesora de escuela de negocios que le gusta mantener, y ha llegado tarde a la sala. «Perdona, tenía que dejar al niño en el cole». Le pega ser madre y tener un marido maravilloso. Su coche debe de ser gris, familiar, con espacio suficiente para el carro del niño y todos los bártulos necesarios para unas vacaciones en la playa. Al menos quince días. En el Levante. Hoy estamos en una sala distinta. La ventana da a un lóbrego patio interior, pero las paredes siguen respirando frío. Según ha dicho mi *coach*, el objetivo de esta sesión consiste en entender qué tipo de relación deseo. No es el mejor día para ponerme a pensar en esto. Tengo problemas en la galería. Ayer le pregunté a Alonso si podía ir a su estudio para echar un vistazo a su próxima colección y me dijo que no estaba listo. Tiene un talento increíble, pero no sabe organizarse. Les pasa a muchos artistas, pero no a todos. De hecho, los que más exponen y tienen mejor reputación se gestionan bien, son capaces de dar fechas sobre cuándo tendrán lista una obra y nunca llegan tarde a una cita. Son obsesos del trabajo. Luego hay otros que utilizan la etiqueta de artista maldito para abrirse camino. Lo aplican a todos los aspectos de su vida. Si llegan tarde es porque las musas han decidido hacerles una visita. Los aguanto, sé manejarlos. Pero nadie está preparado para decirle a un amigo, y ex, que no va a exponerle porque no ha hecho bien su trabajo. Necesito una muestra para la primavera sí o sí. «No serás capaz, Tania». Durante dos días no he respondido a sus llamadas. Ya conozco sus rabietas y sé que no podrá reprimir el rencor. Pero tiene que entender que no puedo dejar la galería cerrada toda la primavera.

—Antes de nada, tengo que empezar diciéndote que puede haber muchas cosas en esta sesión que te parezcan incoherentes. —Me observa con sus ojos verdes como si esperase alguna de mis salidas habituales. Le sonrío con anticipación, pero no ataco todavía—. Vamos a empezar por el principio. Tú eres maravillosa. Eres genial tal como eres y creo que eres la *coachee* con el perfil más espectacular que he tenido nunca. Tengo muchas ganas de trabajar contigo.

—Ahórrate los cumplidos. Creo que a estas alturas habrás adivinado que no me hace falta que me subas la autoestima.

—Sabía que dirías algo parecido —dice, y me dedica una sonrisa plagada de condescendencia—, pero de todas formas debo comenzar por el inicio de la lección.

Me pregunto si Álex tendrá una receta especial para clientes mordaces. Su entusiasmo casi me provoca ternura. Parece que no cree en las soluciones mágicas, solo en el trabajo y en el método. Pero no sé. Cuando miro a Álex me imagino a la típica consultora, habitante de un adosado en Rivas o en Getafe, que da consejos a directivos de grado medio de empresas anodinas (de química, *marketing* o tecnología), pero que no ha salido de España nada más que para pasar la luna de miel en República Dominicana con un marido con el que lleva saliendo desde los quince años. Dudo que tenga mundo. Dudo que se haya besado en la terraza de la torre más alta del mundo después de saltarse todas las medidas de seguridad, que haya cruzado la Tierra de Fuego en velero con un chileno que acaba de conocer o que haya irrumpido en una fiesta para agarrar de la mano a la mujer que le gusta y llevársela de allí de inmediato. Tania, la amazona, la exploradora, la *ninja*. Nadie diría que ayer atasqué la lavadora con las varillas de un sujetador.

—También yo tengo preguntas. Si estoy aquí suplicando que arregles mi vida amorosa es porque sé que no soy perfecta. Así que, dime: ¿qué cambiarías de mi aspecto?

Me analiza de la cabeza a los pies y responde metódica:

—En líneas generales, nada.

—¿Y en particular?

—¿Cómo?

—Somos dos mujeres resolutivas. Deja de irte por las ramas y dime la verdad. ¿Qué cambiarías de mi aspecto?

—Ya veo por dónde vas.

—No sé a qué te refieres.

—Tania, eres una mujer muy atractiva. Me encanta tu aspecto: cómo vistes, cómo te peinas... Tal como eres. Y ahora deja de ponerme a prueba todo el rato y vamos a trabajar.

Uy. Un día complicado para Álex. Me gustaría saber cómo es pasar tiempo con ella. Saber dónde estudió, dónde ha vivido, por qué se dedica a esto... ¿Por qué considera que sabe más que yo sobre el amor?

—Querida Tania, ya que presumes de ser una mujer directa, vamos a serlo las dos. A partir de este momento quiero que dibujes con trazo fino y todo lujo de detalles a tu pareja ideal.

—Una mujer.

—Tania, sabes muy bien que no es eso lo que estoy preguntando.

—Vale. —Creo que me divierte un poco hacerla sufrir—. Me cuesta pensarlo en abstracto. Me parece que busco lo que todo el mundo, solo que... quizá con un poco más de carga intelectual, no demasiado tradicional... Me ayudaría si me fueras preguntando poco a poco.

—Mira, aquí solemos utilizar una técnica algo básica. Contigo no pensaba usarla.

—¿Un test de la *Cosmopolitan*?

—Parecido. Creo que te vas a reír. Si no te gusta, lo dejamos.

—Estoy aquí porque he decidido probar cosas nuevas. Si son divertidas, mejor.

Mi *coach* favorita saca de su maletín un rollo de papel que estira sobre un caballete. El dibujo muestra la silueta de un hombre. Error. ¿Es que aquí nunca han pensado en cómo conquistar a las mujeres? Consta de cuatro cajas tituladas cuerpo, mente, espíritu y corazón.

—Bien, comencemos por lo más obvio. ¿Cómo debe ser físicamente?

—Una mujer. No esa silueta tan rara que está pintada en tu cartulina.

Me lanza una mirada que grita que está perdiendo la paciencia, pero, como buena lectora de libros de *Maneja el estrés en tan solo 7 pasos*, respira, se arregla un cabello suelto y toma las riendas de su tono de voz. Álex no parece una mujer que se deje llevar por un arrebato fácilmente.

—En serio, Tania, va a ser muy difícil que lleguemos a alguna conclusión en una hora si no colaboras un poco. Además... ¡es un juego! El objetivo es que reflexionemos un poco sobre cómo debe ser la *persona* que te haría feliz.

—Vale. Perdona si te pongo a prueba todo el rato. —Descruzo las piernas por debajo del vestido, junto los tobillos y dejo las manos sobre el regazo—. Déjame decirte que solo lo hago con la gente que me cae bien.

—Lo tomaré como un halago. Mujeres...

—Con carisma, que se conozcan, que se sientan bellas... Me repele la imagen de mujer espagueti que solo se alimenta de yogures. Me gustan las mujeres que se quieren a sí mismas.

—¿Altura? ¿Color de ojos? ¿Alguna fijación extraña con el pelo?

—No tengo una idea predeterminada. Solo debe tener algo que la haga especial, que sorprenda. —Repaso en mi mente el aspecto de las últimas mujeres con las que he estado—. Es cierto que las mujeres con la piel bronceada u oscura me atraen, pero nunca es algo que considere de forma individual.

—No esperaba que hicieras un retrato robot de tu *coach* sentimental. —¿Álex tiene sentido del humor?—. Bien, ¿cómo debe ser esa persona desde el punto de vista intelectual?

—Culta, educada y con inquietudes. Esto que voy a decirte es un tópico. Pero es mejor que no nos andemos con rodeos. Que sepa distinguir Manet de Monet —lo digo y siento un sarpullido brotar de la piel de mis muñecas. Odio los lugares comunes.

—Tania, yo no sé distinguirlos —dice con una preocupación fingida. Parece que su mal humor está desapareciendo.

—Y que le gusten los perros.

—¿Tienes perro?

—Sí. ¿Y tú?

—¿Estás loca? ¿Además del niño?

—Pues ahí lo tienes. No eres mi pareja ideal. Es un labrador, hembra. Se llama Okif.

—Si me explicas lo de Manet y Monet, te escucharé muy atenta y te prometo que me lo grabaré a fuego.

—Me halagas.

—Pero te hago reír. —Me guiña un ojo divertida. Si pretendía que bajase la guardia, lo ha conseguido de lleno—. Entonces... Tu pareja ideal debe tener inquietudes similares a las tuyas, con lo cual debe ser una persona creativa, con gusto por el arte, por la historia, con sensibilidad y capaz de asimilar conceptos abstractos, que sepa expresar sus emociones... ¿Sensible? ¿Trágica?

—Estoy bastante cansada de la gente que no sabe controlarse.

—Con la cabeza bien amueblada, organizada, con estudios superiores. ¿Se me escapa algo?

—Debe saber disfrutar de la vida: de un buen vino, de un viaje, de un atardecer... Y que sepa salirse del camino recto. Una mujer libre a quien no le asusten los cambios. Con contradicciones y aristas. Las personas que persiguen todo el día la justicia me aburren.

—Te estás metiendo de cabeza en el siguiente bloque. Espíritu. ¿Qué valores debe tener tu compañera ideal?

—No soy muy amiga de las normas. Tampoco vivo al margen de la ley. Me desenvuelvo con las convenciones sociales. A un artista le diría que en ocasiones me gusta explorar los límites del canon.

—Guau. No te puedo negar que es una forma muy elegante de decirlo. Sin embargo, hay que meterse en harina. Me parece que estás evitando responder a las preguntas importantes.

—Las típicas preguntas.

—Sí.

A ratos me resulta incómoda esta sala desnuda de mobiliario, con luces asépticas y el único olor de nuestros perfumes. No es el mejor ambiente para ponerse a filosofar.

—¿Es necesario?

—Pues si no quieres que esté más perdida que un delfín en una peluquería cuando tenga que darte consejos, sería conveniente.

—Dispara.

—¿Te gustaría tener una familia?

—Ni me lo planteo.

—Si encuentras tu media naranja, ¿te gustaría vivir con ella? ¿Prefieres compartir solo los fines de semana? ¿Te mudarías a otra ciudad?

Cada relación es diferente. He convivido y no es lo que más me entusiasme del mundo. Pero, si el amor me vuelve tan loca como para querer lavar la ropa interior de otra persona, podría pasar. Tengo un negocio y es lo más importante que he construido en mi vida. No creo que pudiera abandonarlo, salvo catástrofe. Se lo digo a Álex. Prefiero ahorrarle los eufemismos. Ella se acerca a la mesa y recibe mis respuestas tomando notas.

—¿Y las vacaciones? ¿Sola o acompañada?

—Mitad y mitad.

—Bueno, pues para hacerme una idea: mujer independiente, segura en el plano emocional y con gusto por las sorpresas. Religión ni te lo pregunto.

—Soy budista.

—Es mentira y no tiene gracia.

Por un momento, me imagino a Álex con un escapulario escondido en la mesilla de noche, como si fuera un pequeño delito o un bombón de chocolate. Me gusta cómo cambia el tono de voz para censurar mis pequeñas libertades. Baja la barbilla como cuando se regaña a un niño pequeño sin excesivas ganas de que te haga caso. Hubiera tenido mucho éxito como policía local en una capital de provincias. Una mujer de uniforme. Pero me parece que estoy impaciente por abandonar la silla de interrogada y ocupar la de la detective. ¿Dejaría Álex que la sometiera yo a un cuestionario parecido al suyo?

—Bien. Llegamos al final del ejercicio. Una de las cosas que más trabajamos en Corazones es la conexión emocional. Aquí fallan casi todas las relaciones.

—Lo de conexión emocional suena un poco vago.

—Para eso estoy yo aquí. Hay muchas maneras de definirlo. Tiene que ver con la complicidad y con sentirse apreciada. Pero, al margen de la teoría de la agencia, que te la puedes estudiar cuando quieras del manual, yo tengo mi propia forma de entenderlo.

—¿Y bien?

—Es abrir tu corazón: no tener miedo, mostrarte vulnerable, no tener la necesidad de guardar secretos... Es verte reflejada en la otra persona, poder hablar con ella sin filtros y entenderla sin palabras.

—¿De verdad tú crees que hay alguien capaz de entender mis secretos?

—¿Alguna vez has probado a explicarlos?

Me callo la respuesta. Álex consiente mi silencio y lo aprovecha para hablarme un poco más de la conexión emocional. Según dice, tiene mucho que ver con cómo se relacionan dos personas: si lo hacen desde la honestidad, buscando la sorpresa, si valoran sobre todo el cuidado mutuo, si buscan compartir su vida en todos los aspectos... Es decir, se trata de definir lo que esperas que otra persona aporte a tu vida.

Bueno, y con esto ya estaría. Álex sonríe con esas teclas de piano tan de ortodoncia americana y se queda esperando un sí por mi parte. Tengo la sensación de que Álex ha ganado la primera batalla, es decir, ha conseguido colarme la perorata que Corazones utiliza para vender la «necesidad» de sus servicios. Pero... ¿no soy yo Tania Sanders? No la voy a dejar vencer así, tan fácil. No se imagina lo duro de roer que es este hueso.

—Álex, no voy a decirte que me has convencido...

—Me lo temía.

—Pero te doy la oportunidad de poder convencerme.

La pillo desprevenida y, aunque creo que está evitando que yo note su sorpresa, un tamborileo repentino y breve de sus dedos contra la carpeta me demuestra que esta reunión no está yendo por el cauce habitual.

—Dispara —me dice.

—¿Alguna vez has probado tú a explicar todos tus secretos a una persona?

—Mi vida personal no es un ejemplo de perfección si es lo que quieres que te diga.

—Bueno... Cuéntame algo.

—¿Como qué?

—¿Has estado enamorada alguna vez?

—Quizá demasiadas veces —lo dice convencida de ella y con un tono de he-vivido-demasiado-pequeña que no le pega en absoluto—. Quizá ese ha sido mi problema.

Álex se levanta y me ofrece la mano. Nuestra primera reunión ha terminado. Su apretón es firme y dulce, como sus últimas palabras.

Al salir de Corazones, intento pararme un minuto a pensarlo y, a pesar de que he pasado una hora hablando con ella sobre esto, debo confesar que no consigo imaginar a mi mujer ideal.

Crea tu lista de hobbies (compartibles)

- Tejer (Just kidding!!)
- Drinking dry martinis.
- Sexo en lugares prohibidos.
- Coleccionar latas de refresco vacías en mi coche (¡podemos hacerlo juntas!)
- Replicar obras maestras de grandes pintores y venderlas en el mercado negro por una fortuna.
- Jugar al bridge (no sé cómo funciona)
- Quedar con una cita en un bar de moda, llegar media hora antes y ponerme a ligar con el desconocido más despampanante que vea en la barra. Dejar que mi cita llegue y me bese en los labios delante de baboso semejante.

5

La galería está desierta. Okif me acompaña. Cada cinco minutos recorre todo el perímetro. Cuando termina la vuelta de reconocimiento, viene al lugar del suelo donde estoy sentada, cerca de la puerta, y le rasco detrás de las orejas. Se cobija entre mis piernas hasta que, pasado un rato, repite la misma operación. Ahora no tenemos nada expuesto, por eso la dejo estar aquí. A primera hora llegarán los cuadros de una pintora eslovena, Nikki Kos. Es una belleza eslava de hombros angulosos, pelo castaño casi gris y mirada casi transparente. Vi su obra por primera vez en una feria en Miami, en diciembre. Es mi as en la manga para cubrir el hueco del calendario que ha dejado Alonso. Su obra encaja en las contradicciones a las que intento dar visibilidad en la galería. Llevaba detrás de ella varias semanas y, cuando la avisé de que me gustaría organizar una exposición con ella en diez días, me dijo que estaba loca. «No es posible». Tuve que echar al resto para que aceptara exponer en tan poco tiempo y en Madrid, un lugar que no asociaba a grandes coleccionistas.

Con las luces apagadas y vacía, Caleidoscopio parece una tienda en ciernes, como si su dueño aún no hubiera decidido qué va a vender aquí. No me costó trabajo encontrar el local —quería que estuviera en la calle Doctor Fourquet—, pero sí me costó algún tiempo ahorrar lo suficiente para poder comprarlo. Por la rejilla que está sobre la puerta entra el sol del amanecer. La persiana metálica sigue echada. Los haces de luz dibujan formas cambiantes sobre el suelo y las paredes. Con cada movimiento en la calle (las hojas de los árboles que se agitan, el vuelo de las palomas...), se forma una nueva imagen. Como si fueran los diferentes planos de un cuadro cubista, juego a imaginar objetos, personas y paisajes en las composiciones creadas por los rayos de sol. Solía jugar a esto con Nina durante las tardes que decidíamos quedarnos en su casa. La recuerdo tumbada sobre mi hombro preguntando a cada instante: «¿Lo ves?». Y decía: «Es una barca. O un arco de flechas. O una niña tirando piedras». Al principio, mucha gente se extrañó de que quisiera establecerme en Madrid. Mis padres siempre me hicieron sentir que pertenecía a otro lugar. Los dos se fueron. Ella vive en la sierra, con su nuevo marido. Mi padre se fugó a un pueblo de la Costa Blanca donde, para completar su escasa pensión británica, sigue pasando consulta a compatriotas de tapadillo. Quizá fue cuando se marcharon que acepté que, a diferencia suya, esta sí es mi ciudad.

Mi trabajo en Amberes estaba bien pagado, pero no me daba para mucho. Desde que conocí a Nina, todo se complicó. Adoraba hacer planes: cenas, escapadas de fin de semana, grandes viajes... Yo no quería apuntarme a todo (mandaba el sueño de la galería) y tampoco solíamos mostrar nuestra amistad en público. Por eso, la dejaba ir y me quedaba en la cueva helada que había alquilado por cuatro duros en los suburbios del puerto. La usaba solo cuando no estaba con Nina; el resto del tiempo lo pasaba en su piso. Nina gozaba del placer de esconderme y yo lo gocé con ella: llegar por separado a una velada de amigos para reunirnos en el baño, fingir que no sabía que ella visitaría Gante o Brujas y encontrarnos en sus calles delante de sus amigos, dejarme rastros de haberla amado (un jersey olvidado en su casa y más cosas) sobre mi escritorio en el trabajo... Nos gustaba ser presas de las habladurías para mostrar luego nuestra indiferencia. A base de esa droga construimos una felicidad que era pura adrenalina. Sé que sus labios no habrían quemado mis senos, mi vientre y mi nuca como lo hicieron de no sabernos parte de un complot urdido contra otros que, al fin y al cabo, tampoco se escandalizarían demasiado de dos chiquillas que pasaban sus noches juntas.

Me engañé pensando que aquello era el comienzo de algo importante. Después de conocerla, mi sueño de tener una galería propia dejó de ser solo mío. Me imaginaba a Nina decidiendo conmigo qué autores exponer, el calendario, dibujando carteles para promocionar nuestra próxima muestra... La veía conmigo ocupándose de los trabajos nada glamurosos para ponerla a punto: pintar las paredes, limpiar los cristales, tirar un tabique para hacer hueco a una nueva instalación. Salíamos a cenar y, cuando mirábamos la carta, nos veía eligiendo si serviríamos vino o solo champán en el *catering* de la inauguración. Nunca tuve el valor de contarle mis visiones. No sé cómo hubiera reaccionado. Intuyo que habría cambiado de tema. Con el paso del tiempo, resultó obvio que ella no vendría a vivir a Madrid. También supe que, después de Amberes, ella volaría a otra ciudad donde encontraría a otra Tania que la acompañara en una nueva etapa de su vida. Entonces, me volví loca. Quise comprarla con regalos. Empecé a apuntarme a todos los planes. Me volví celosa y mis ahorros pagaron la cuenta. Siempre que la veía con otras mujeres pensaba que eran amantes o lo habían sido. El museo de Amberes se inauguró por todo lo alto. Mi contrato finalizó. Ella todavía tenía que seguir trabajando para acabar su proyecto. Hice las maletas.

El día que dejé mi habitación-sombra ella vino a despedirse. No quería que nos viéramos por última vez en el aeropuerto, no sé si porque le daba vergüenza que nos vieran juntas o porque quería hablarme tranquila. La verdad es que no dijo mucho, pero me hizo un regalo: un caleidoscopio con un labrado de un dragón precioso, donde los cristales habían sido sustituidos por semillas y cáscaras. No sé lo que quiso decirme con él, pero lo llevé siempre conmigo. Despechada, cuando terminó la aventura en Holanda, acepté el siguiente proyecto que me ofrecieron: organizar el ala de arte contemporáneo de un museo en Ciudad de México. Y de ahí me marché a Miami, a Singapur, a Kioto, a Tallin, a San Petersburgo, a Asunción... A mitad de camino seguía sin olvidar a Nina. Seguí viajando y coleccionando amantes hasta que estuve segura de que había borrado su olor de mis dedos. Así conseguí ahorrar la cantidad de dinero suficiente para comprar el local. Aun así, regateé hasta el último céntimo al vendedor. Cuando firmé el contrato, me convertí en albañil, pintora y carpintera durante siete meses. Tenía que borrar las huellas de la tienda erótica, la academia de baile y el restaurante vegetariano que aquellas estancias habían albergado antes que mi galería. En la parte de atrás, con vistas a un patio interior, construí un pequeño estudio, con una cama y una ducha para poder dormir aquí. Una vez acabada, tuve claro su nombre. Lo llevaba en la punta de la lengua desde hacía meses: Caleidoscopio.

Ahora me encanta registrar en mi mente las imperfecciones, todos los desarreglos que evidencian que allí no estuvo la mano de un profesional sino la mía propia: las mentiras de pintura en las paredes, una borla de cemento diminuta que no debería estar en el suelo, un arañazo en la puerta que hice con una escalera... Todavía encuentro gotas blancas en lugares insospechados, un recuerdo del día en que perdí pie en la escalera y el cubo de pintura se estrelló contra el suelo dando a luz a la primera obra de arte de mi galería. La iluminación y la temperatura fueron lo único que dejé en manos de expertos. El siguiente problema fue que yo en aquel momento no era nadie en el mundo artístico de Madrid. Pedí ayuda a Alonso. Me ayudó a trabar relaciones con los otros galeristas de la zona, con grandes compradores, con comisarios, artistas nuevos que cuadraran con el concepto de la galería. Su forma de pintar y mi forma de entender el arte siempre estuvieron conectadas y por eso él tiene aquí un lugar privilegiado. Sin embargo, hubiera sido fascinante vivirlo todo con Nina. La imaginativa, la espontánea, el centro de todas las miradas. A veces me llegan rumores de que está restaurando en tal o cual museo. Ella nunca ha venido a ver mi galería. Me encantaría poder enseñarle lo que he sido capaz de construir sin ella.

A las seis de la mañana llegan los cuadros. Abro la puerta metálica y pasan los mozos de la compañía de transporte. Ato a Okif a la reja de la calle. Es demasiado nerviosa para estarse quieta durante la entrega. En veinte minutos el vacío de la sala ha sido colonizado por docena y media de cajas de madera, además de una más grande donde hay varias decenas de cuadros de tamaño folio. Uso un martillo para abrir la primera. La comezón me recorre el estómago. Sí. Es lo mismo que sentí al ver su obra en Miami.

Álex lleva razón. Durante el tiempo que estuvimos juntas, siempre tuve miedo de hablar con Nina, de decirle lo especial que era para mí. Todo me resultaba nuevo: la necesidad mordiente de tocarla, su sensibilidad a mis estados de ánimo y esa forma de acurrucarse en esquinas de mi cuerpo que no sabía que existían. No fui capaz de decirle nunca que la quería.

Tengo un problema y me gustaría consultarlo con Álex, pero aún no he sentido la confianza necesaria para hacerlo. No me cuesta hacer amistad con la gente, aunque ella dice que debería ir a bares de ambiente, ya tengo muchas relaciones con mujeres atractivas. Lo que no entiendo es por qué acaban siempre en abandono y desgana; por qué, después de vivir unos meses maravillosos, la relación enferma y comienza a morir. Lo que dice Álex es que esas personas te dejan porque creen que tienen opciones mejores. He pensado mucho en nuestra última sesión estos días. A cada minuto tengo más claro que ha llegado el momento de compartir mi vida con alguien, con todo lo que eso significa. De todas formas, aún sigo sin fiarme del todo. ¿Por qué Álex piensa que tiene la verdad absoluta sobre algo tan cambiante, efímero y abstracto como el deseo, la pasión o el enamoramiento? Nunca me ha gustado que me digan lo que tengo que hacer o pensar. Eso es lo que quiero decirle.

Los cuadros ya están distribuidos a lo largo de toda la galería. Cuando sean las nueve y llegue Marcela empezaremos a colgarlos en el lugar donde están apoyados. También tenemos que trabajar los materiales de promoción, la información de la web, hay que organizar una fiesta de inauguración, el viaje de Nikki a Madrid, un *tour* de prensa. Es laborioso, pero con un poco de esfuerzo en un par de semanas estaremos listos para abrir al público. Sé que Nikki Kos va a ser un bombazo. Antes de ponerme con todo, tengo que hacer una llamada.

—¿Tania?

Su voz suena afanosa, lejos del auricular. ¿Está jadeando?

—Sí. ¿Te pillo en buen momento, Álex?

—Claro. Esto... ¡Perdona! Es que tengo que llevar al niño al cole y no encontramos un dinosaurio. ¿Te puedo llamar en un rato?

—Claro, ocúpate de la lucha entre especies. Mi desastre de vida amorosa puede esperar.

—¡Gracias!

Borro la sonrisa que me ha dejado Álex y su búsqueda y me recuerdo que todavía no he desayunado. Me pongo el abrigo, recojo a Okif y salgo a la cafetería que está enfrente de la galería, una de esas donde admiten animales y siempre hay profesionales independientes con barbas muy acicaladas trabajando en mesas de comedor con bancos a los lados. Me pido un café con leche a secas para comprobar la cara de desconcierto del camarero de turno. Ellos son distintos cada mes y los cafés tienen nombre de título de películas porno. La chica que hoy está atendiendo la barra ni siquiera me responde. Se da la vuelta y se pone a prepararlo. Al dejarlo en el mostrador, me dice: «Te lo cobro como Happiness Latte, ¿vale?». Me encanta ver trabajar a gente competente. Me siento en una mesa con vistas a Caleidoscopio, pendiente de la llegada de Marcela. Estoy enamorada de ella, lo reconozco. De la galería. Marcela es una calculadora andante que tiene loco a su novio con un plan de vida armado: piso compartido, oposiciones a profesora de secundaria, niños. Antes de terminar el café, Álex me llama de vuelta.

—Oye, Tania, perdóname por colgarte antes. Es que la salida de casa es como aterrizar en la Luna. En fin, no te voy a aburrir con mis historias de madre, que sé que no te interesan para nada.

—No te disculpes, Álex. No eran horas.

—Pensaba que los artistas dormíais hasta tarde. ¿O aún no te has acostado?

—¿No escuchas la música del *after*? —Intuyo que, al otro lado, Álex sonríe—. Prefiero levantarme pronto. Además, hoy llegaban los cuadros de la nueva exposición. Estoy en la galería desde las cinco.

—¿Ah, sí? ¿Ya han llegado? Me tienes que invitar a la inauguración. Tengo ganas de codearme con artistas. Ese día dejo al peque con mis padres.

—Está hecho.

—Bueno, ¿qué querías?

—Tengo una cita.

—Mmm... Creo que esto lo hablamos el otro día. Todavía no hemos terminado de revisar el manual ni hemos hecho los talleres. —Otra vez percibo esa cadencia de profesora de Matemáticas ignorada por sus alumnos mientras explica las derivadas—. Puedes hacer lo que quieras, pero aún no tienes las herramientas para conseguir algo distinto de tus relaciones.

—Lo sé. Pero no quería tener una cita a tus espaldas.

—Bueno, pues déjame que te explique un par de conceptos.

—Sí, profe.

—Querida alumna, para conseguir a la mujer de tus sueños, quiero que te empieces a familiarizar con el concepto de «anillo de candidatas». En el manual lo habrás visto como «Dating Ring».

Por fin. Ha asumido sin decírselo que he quedado con una mujer. Supongo que empieza a visualizarse a sí misma como la primera *coach* sentimental de Corazones que triunfa con un caso de éxito de lesbianas. Todavía no se ha dado cuenta de hasta qué punto puedo cagarla en lo que al amor se refiere.

—Lo he visto, Álex. Eso no es para mí.

—¿En qué habíamos quedado respecto a sus modales, señorita? —Por momentos, estoy empezando a odiar haberle dado carta blanca para usar conmigo esa cordialidad infantil—. Sería bueno que, al principio, te dieras la oportunidad de conocer a varias personas a la vez, sin intimar demasiado. Así puedes ir comparando cómo te sientes con unas y con otras sin presión. Si quieres ver la definición, te vas al manual. Pero lo que yo quiero decirte es que, a pesar de que esa mujer sea maravillosa, no la trates nada más que como una candidata a entrar en ese círculo. No tomes decisiones en una noche. En muchas primeras citas se desata una química muy potente. Pero eso no es la base de una relación a largo plazo. Disfruta, pásatelo bien, pero no hagas nada más. Cuando termine la cena, que ella siga siendo una posibilidad, no una amante.

¿Es posible que Álex quiera convencerme de que el amor duradero es un mecano cuyas piezas se deben ir engarzando en un orden determinado para que funcione? Creo que jamás querré a nadie de esa manera.

—Oído, profe. Mañana nos vemos en clase.

Creo que me gustaba más cuando la veía como a una maga.

Tu cita perfecta

1 Hora del día:

a) 10 h
b) 14 h
c) 19 h
d) 22 h

2 Actividad:

a) Tomar algo
b) Ruta senderista
c) Cena
d) Concierto

3 Conversación:

a) Lugares comunes
b) La historia de tu vida *(solo detalles escabrosos, por favor)*
c) ¿Qué buscas en el amor?
d) Música, libros, cine, series... *pereza máxima*

4 Y después...

a) Os dais la mano *(¿estamos locos?)*
b) Un abrazo
c) Un pico
d) Un beso intenso

¿No os estáis olvidando de algo más?

6

—Pensaba que ya no vendrías.

Dan ha venido vestido como si hoy fuera el día más importante de su vida. Lleva una americana negra que no ha sabido conjuntar porque, si no, no me explico que la haya combinado con una camisa negra (¿por qué existen las camisas negras para hombre?). Espero que no se haya comprado el *outfit* para la ocasión. No me gustaría que se hiciera ilusiones. También se ha puesto gafas, lo que le da un aire intelectual y de ser algo mayor de lo que aparenta normalmente. Sus bonitos ojos marrones danzan detrás de los cristales. No me había fijado en que a veces un ojo se le guiña sin querer. Quizá sean los nervios. Con las gafas, sus pómulos crecen y su nariz parece esconderse en su cara. Es un hombre guapo. No le ha importado lo que le dije por teléfono: que íbamos a un sitio normal, que viniera cómodo, que daba igual lo que se pusiera.

No me sorprendió demasiado cuando me llamó con la excusa de pedirme datos para una factura que ninguno de los dos necesitábamos. A las dos palabras ya se estaba haciendo un lío y él no tiene pinta de equivocarse con los temas del trabajo. Le dije que me escribiera al móvil y me contara algo suyo, algo que no tuviera que ver con Corazones. Me mandó los bocetos de un cómic sobre viajeras en el tiempo que está escribiendo a medias con una amiga. Seguí respondiendo a sus mensajes. Me impresionó que no tuviera miedo de ser rechazado. Yo llevo unos vaqueros y una cazadora de cuero, y debajo una camiseta negra con un dibujo de Mondrian. Ni siquiera me he puesto zapatos. Nota mental: pedirle a Dan durante la cena unos cuantos consejos para renovar mi armario. Por si las Converse dejan de estar de moda algún día.

Abro la pesada puerta de madera del RigoMaki, uno de mis restaurantes japoneses favoritos, y saludo al camarero. Ceno allí al menos una noche a la semana. Cuando se acerca la hora del cierre y solo quedan clientes escogidos, puedes pedir la carta de sake o incluso un *koshu*[1] para finalizar la cena. Es uno de esos locales con encanto que permanecen décadas abiertos sin que nadie les preste demasiada atención y, de repente, un crítico gastronómico con miles de seguidores en redes sociales los pone en el radar. Rezo por que no pase. Si se pone de moda, será imposible cenar con esta tranquilidad. El camarero es un chico alto, con rasgos orientales y acento del barrio de Chamberí que lleva trabajando en el negocio familiar desde que era menor. Nos acompaña a la mesa. Las paredes están decoradas con láminas de escenas teatrales, donde los actores van pintados como muñecas y vestidos con los tonos pastel del *kabuki*[2].

Dejamos la barra a la izquierda. Tras ella el dueño del establecimiento y otro cocinero cortan lomos de pescado. Las mesas son bajas, se elevan solo un poco por encima del nivel del suelo como si estuvieran colocadas sobre un tatami y los comensales fueran a sentarse de rodillas a su alrededor. Sin embargo, para adaptarlas a las costumbres occidentales, hay un hueco debajo de ellas en el que colocar las piernas. Me preocupa que Dan —no me había dado cuenta hasta ahora de

---

1. Sake color ámbar y con aroma parecido al jerez.
2. Teatro japonés tradicional que combina actuación, declamación y música, caracterizado por un maquillaje muy elaborado.

lo alto que es— no pueda ubicarse en un hueco tan estrecho, pero en dos segundos y con una flexibilidad de garza se ha colocado en el cojín de forma elegante. Seguro que, además de vegano, hace yoga. Nos ofrece la carta y describe los platos que están fuera de menú. Al marcharse el camarero, él toma la iniciativa.

—Lo primero que quería hacer es pedirte disculpas.

—¿Por qué?

—No debería haber mirado los datos de tu ficha. Pero es que me fijé en cómo me mirabas y, como me pareces una mujer muy interesante, decidí arriesgarme.

Las palabras mágicas. Dan acaba de pulsar mi botón antilibido. A estas alturas de mi vida no hay nada que me estimule menos que resultar *interesante* a un hombre. ¿Se enamora la gente por eso? Dan parece que sí. Recuerdo lo que me dijo Álex sobre las cuatro áreas del enamoramiento. Según su teoría, Dan debe de ser un hombre que valora la mente y la inteligencia. Para mí es algo que va más allá de la belleza, de la inteligencia, de los valores y de la conexión emocional. En definitiva, no sé lo que es. Creo que se resume en la esperanza de que tus días al lado de esa persona sean mejores, de que esa persona llegue a tu vida para quedarse. De todas formas, no he invitado a Dan para analizarlo. Me interesa saberlo todo sobre los obreros de la industria del amor, es decir, sobre los *coaches*.

—¿Cuánto tiempo llevas trabajando en Corazones?

—Dos años.

—¿No te ves trabajando del otro lado? ¿Como *coach*?

—¿Qué dices? Ni que pudiera serlo cualquiera...

—No, ¿verdad? —Intento hacerme la inocente—. ¿Qué hace falta para ser *coach*?

—No sé si puedo hablar de esto contigo. Somos los primeros que hacemos esto en España. Incluso van a patentar la metodología. Ay, creo que eso tampoco debería habértelo dicho. ¿Podrías olvidarlo? Es que estoy un poco nervioso.

—Olvidado.

El camarero trae a la mesa unos *niguiris* con tartar de gambón y cítricos. Me divierte ver a Dan desenvolverse con los palillos con la gracia de un director de orquesta. La música del local, los comensales hablando en voz baja, los profundos ojos de Dan bailando detrás de las gafas... Muchas mujeres se cambiarían por mí en este momento.

—Bueno, te puedo contar algunas cosas, pero no muchas.

—Solo tengo curiosidad. He tenido muy mala suerte con las relaciones y en este momento de mi vida estoy buscando respuestas. —Pongo cara de gato triste—. Suena un poco raro todo lo que dice Corazones: todo eso de tomar el control de tu vida amorosa. Fíjate, yo soy una persona que lleva un negocio en un mercado muy complicado y, sin embargo, parece que no soy capaz de conseguir una relación que dure. —Dejo a Dan que coma el *niguiri* impar. Los hombres siempre tienen hambre—. Si existiera una fórmula mágica, ¿no resulta raro que solo Corazones la posea y los demás no la conozcamos?

Se queda pensativo mientras recorre el salón con la mirada.

—Vienen muchas mujeres como tú a la agencia —comenta.

—¿Cómo soy yo?

—Inteligentes, guapas, cultas y con éxito en sus trabajos. A ti te van bien las cosas. Se nota de lejos que no tienes problemas para conseguir... parejas. El otro día estuve recopilando datos para una presentación. Hasta ahora hemos ayudado a alrededor de trescientas personas a encontrar pareja. —Dan toma el *niguiri* que he dejado en la bandeja—. Y pronto vamos a abrir otras sucursales en España.

—¿Y se van contentas?

—Casi todas. Que yo sepa no nos han puesto nunca una reclamación. Lo que sí pasa es que algunas nos vuelven a contratar pasados unos meses.

—¿Porque han roto?

—A veces sí. Ellas pensaban que habían encontrado a la persona ideal y se dan cuenta de que no es así. Otras veces

es porque tienen miedo de que esa persona las abandone.
—Dan bebe su cerveza a sorbos pequeños como un buen chico mientras yo pido una más. Me pregunto si no le gusta demasiado y la ha pedido solo porque yo he pedido cerveza—. O empiezan a tener problemas y necesitan que alguien las ayude. Sabes... A veces creo que yo tampoco acabo de encajar en Corazones. —Intuyo una brecha en el muro y, antes de que me meta por ella, me frena—. Que a mí me tratan fenomenal y estoy muy a gusto con todos...

—¿Pero?

Mira su plato cabizbajo. Le dejo tiempo. Siento que poco a poco se va adentrando en la pequeña trampa que he tejido para él. Mi confidente. Mi topo en el sistema. Juego de miradas. Silencio. Y...

—Creo que puedo dar más... —suelta—. Al final, todas las que van a Corazones se parecen entre ellas. Es todo un poco... No sé. Aburrido. Y egocéntrico. Creo que en el mundo hay cosas más importantes de las que preocuparse que de encontrar un amor para toda la vida. —Esto último lo dice con un tono burlón e insolente.

—Háblame de esas mujeres —disparo.

—¿Por qué? —Una sombra de duda se dibuja en sus ojos.

Sé lo que piensa. Lo he visto en otras personas. Bisexual es igual a promiscuidad.

—Me interesa tu visión. Eso es todo.

El camarero sirve los platos calientes: unos fideos sencillos y una berenjena con salsa de miso. Desde el lugar en el que estoy sentada, sigo viendo al dueño trabajar en la barra. Alguien me contó que tardó más de cinco años en aprender a cortar el pescado de la forma tradicional.

—¿Y por qué no van a terapia? —pregunto—. Es decir, ayuda profesional.

—Pues no lo sé. En Corazones no hay terapeutas. Los *coaches* son asesores. Supongo que, si vienen a Corazones, es porque confían en lo que hacemos. —Dan toca con la punta de los dedos el jengibre encurtido, lo revuelve y lo deja todo desordenado, como si fuera un adorno que alguien hubiera puesto allí para jugar—. Respecto a lo que me preguntabas antes, casi todos son psicólogos y tienen muchos años de experiencia trabajando con parejas. Pasan varios meses en Estados Unidos siguiendo cursos de academias de *coaching* sentimental. Colaboramos con una empresa de Michigan y dos agencias de Miami. —Dan cambia las piernas de posición con una flexibilidad de animal acuático y las vuelve a encajar en el milimétrico espacio que la mesa deja para ellas—. Y, además, todos están con alguien. Es decir, todos tienen una vida sentimental estable.

—¿Álex también?

—Ella es un caso especial. —Dan junta los palillos en la mano y los encierra en su puño. Lo he puesto en alerta. Cierra los labios y espera mi siguiente pregunta. Ahora su rostro es más firme y deja más a la vista una boca perfecta, de labios mullidos y de color óxido.

—¿Por qué? —insisto.

—Tienes que entender que ella... Es muy buena. Es de las primeras *coaches* que tuvo Corazones y yo creo que se quedará en la empresa el tiempo que quiera. Las clientas la adoran.

Según Dan, Álex podría elegir estar en otro lugar y no lo ha hecho. ¿Tanto cree en el método de Corazones?

—Entonces, ¿está separada?

—¿Es que te gusta Álex?

—Tengo muy claro lo que quiero en este momento —le digo mientras lleno su vaso con el segundo chupito de sake—, y creo que tú lo sabes también.

Cuando el camarero viene de vuelta, le indico que no queremos postre y que nos traiga la cuenta. A la salida le propongo a Dan ser mi visitante especial a Caleidoscopio esta noche. Siempre he dejado mi casa al margen de las historias pasajeras. Vamos caminando, y durante el paseo los dos nos mantenemos a distancia. Dan admira la galería en pleno proceso de montaje. Las cajas abiertas parecen guerreros en reposo, vestidos con sus armaduras y esperando a que llegue el momento del combate. Enciendo solo algunas luces, muy pocas. Aún quedan por colgar algunos cuadros y por preparar algunas instalaciones. Los últimos flecos los supervisará Nikki cuando llegue de Eslovenia. Cuando llegamos al final de la galería, observa la obra principal, compuesta por una cuadrícula de óleos no demasiado grandes. Le cuento en qué consiste. No tiene nada que ver con el romanticismo, pero noto que le estoy abriendo la puerta a un mundo que no le resulta familiar. Mientras admira los cuadros, lo abrazo por detrás. Coloco la mano sobre los botones de esa camisa negra que odié nada más verla en el restaurante. Cuando lo toco, tiembla.

***

Parece que hoy el mal humor se reparte en cucharadas soperas. Dan no me ha saludado. El otro día, después de acostarnos, le dije que no esperaba formalizar. Todo el tiempo que pasó conmigo en la cama quiso demostrarme que era un hombre experimentado, osado y valiente. Al irse, le dije que no deberíamos repetirlo. No quería mentirle ni que me recibiera de forma cariñosa al llegar a Corazones. Hubiera sido embarazoso. Para él.

Han pasado varios días, pero, mientras mi saludo se queda flotando en el aire, sus dedos no dejan de viajar veloces por el teclado del ordenador. Cuando llego a la sala, Álex tampoco parece estar de buenas. Me ha saludado con una cortesía seca y después se ha vuelto a borrar la pizarra. Salta a la vista que está molesta. ¿Será porque no he seguido sus pautas?

—¿Y bien?

—Intuyo que quieres que te cuente qué tal me fue en la cita del otro día.

—No necesito los detalles. Solo quiero saber si seguiste mi consejo.

Hoy no tiene el aspecto de enfermera pulcra que tiene otros días y, al darse la vuelta —está escribiendo palabras sueltas en la pizarra y seguía haciéndolo hasta hace unos segundos—, he visto que lleva una mancha oscura en el cuello de la blusa. La mujer perfecta parece que está pasando una temporada dura.

—No demasiado.

—Déjame que te haga una pregunta. —Me gustaría decir que su tono recuerda al de un padre que ha pillado a su hijo cogiendo el coche sin permiso, pero es mucho más desafiante—. ¿Vas a tomarte esto en serio? ¿Te da igual tirar el dinero? Porque ahí fuera hay un montón de mujeres que están deseando trabajar con nosotros y, en concreto, conmigo. Así que, si esto es para ti una diversión, te aconsejo que vayas pidiendo un cambio de *coach*.

Álex me da la espalda de nuevo. Sigue escribiendo cosas sin sentido y sé que lo hace para no mirarme a los ojos.

—Álex, no sé lo que he hecho. Pero creo que podemos hablarlo. ¿No te parece?

—Sabes lo que has hecho. Estás jugando con los sentimientos de alguien que no te gusta.

Parece ser que la discreción no es uno de los valores de los empleados de Corazones. De pronto, Álex se da la vuelta, apoya la mano en el respaldo de la silla y suspira muy fuerte, intentando contenerse. Su mirada es... intensa.

—Tienes que dejar de hacer esto —dice.

—¿Qué?

—Liarte con todo el mundo que se interese por ti. Para ti la respuesta a cada pregunta es «¿Por qué no?». Es infantil —dice mientras evita gesticular demasiado con las manos y acaba por meterlas en los bolsillos—. Es imposible que te guste todo el mundo.

Repasamos algunos conceptos que están en el manual cuando finge que se ha tranquilizado. Sin embargo, el ambiente puede cortarse con el filo de un escalpelo. Intento suavizar los ánimos preguntándole por el dinosaurio perdido.

Me mira sin entender de qué estoy hablando. Cuando une los puntos y se da cuenta de que estoy hablándole de su hijo, reacciona como si estuviera caminando sobre alfileres.

—Si tu forma de lidiar con los problemas es barriéndolos por debajo de la alfombra, no vamos a llegar muy lejos. —Es su punto final a la sesión—. Por favor, si eres tan amable y tu exótica vida de galerista te deja algo de tiempo, explora los mensajes que has intercambiado con tu enorme lista de amantes intermitentes para la próxima sesión. En la próxima sesión, nos tocaría trabajar el Text Training. Envíame algunos mensajes para que podamos empezar a prepararlo.

Vaya. Pues va a ser que la *coach* niña bien sí que tenía carácter.

—Lo siento.

La disculpa llega cuando estoy poniéndome el abrigo, pero decido que no hay nada que pueda decir para compensar mi torpeza inenarrable y me marcho sin responder.

Al salir de la sala, compruebo que Dan se ha marchado de la recepción y lo lamento. Me hubiera gustado hablar con él. Siento que he removido el estado de las cosas en Corazones, que he alterado la convivencia de sus miembros, que estoy estropeando algo hermoso. Con su frialdad, Álex me ha recordado algo que Nerea me dijo hace un tiempo. Ella duda de mis deseos de compartir mi vida con alguien. Según ella, a veces parece que hace mucho que elegí pasar por este mundo sola.

T: ¿Estás lista?

Á: Puedes enviarme el primer mensaje cuando quieras.

T: (emoticono de cara aburrida)

Á: No quiero ser descortés, pero tengo bastante trabajo. ¿Puedes enviarme el mensaje?

T: El anterior post era el mensaje.

Á: ¿Usas ese emoticono para quedar con alguien?

T: Para despertar su interés... sí.

Á: Tenemos mucho trabajo por delante, querida amiga.

T: Querida... (emoticono de pizza + emoticono con lengua fuera).

Á: Insisto: tenemos mucho trabajo por delante (emoticono de risas + love + beso con love).

T: Bien. Pongámonos serias...

Á: ¡Ánimo!

T: Pero... ¿cómo empieza la situación? No sé qué tipo de conocida, ligue, exnovia furiosa es...

Á: Nada de exnovias. Aquí estamos para construir una relación que transformará tu vida desde cero.

T: Deberíais darle una vuelta a todo el tema de explicar las cosas sin que pareciera que estáis vendiendo probióticos.

Á: ¿Tienes algo en contra de los probióticos?

T: ¿O sea? ¿Me lo estás diciendo en serio?

Á: deberías saber que algunos probióticos son geniales para curar las enfermedades de los bebés, sobre todo las digestivas.

T: Me encanta cuando dejas de poner mayúsculas.

Á: Es que a veces me haces perder la paciencia.

T: (emoticonos de corazones, varios)

Á: Bueno, ¿volvemos al tema en cuestión?

T: Insisto. ¿De qué va la cita?

Á: Mmm... Imagina que estás conociendo a alguien. La has conocido en un bar una noche y os habéis intercambiado los teléfonos.

T: Holi, guapi.

Á: Buf.

T: Me encantaría saber más sobre ti. ¿Un café mañana a las cinco?

Á: Demasiado pronto. Esto es Madrid. Dale dos o tres días para reflexionar.

T: ¿Dos o tres días para cancelar?

Á: Ese no es el camino, Tania.

T: Prometo solemnemente no perder la paciencia...

Á: ¿Y si alguien te pregunta qué significa Okif?

T: Le bloqueo.

Á: OMG Tenemos mucho trabajo por delante.

T: (emoticono de risas)

77

7

Es lunes. Los preparativos de la exposición me han servido para olvidarme de Corazones unos días. Estuve con Okif entre mi casa y el trabajo. No soy de esas personas que suelen rendirse. El montaje de la exposición de la pintora eslovena está resultando duro. El viernes por la noche me quedé a dormir en Caleidoscopio. No solo acabé tarde, sino que durante el día detecté que había un problema con el seguro. No me atreví a que las obras durmieran solas. A Marcela la tengo estresada. La media jornada que trabaja conmigo es insuficiente para llegar a todo, pero no quiero que haga horas extra. Ahora mismo no puedo pagarlas.

El sábado por la mañana me enteré de que, para el mismo día que hemos fijado la inauguración, está prevista la celebración de otro evento en nuestra calle. Estuve todo el día negociando con los otros galeristas un cambio, pero fue imposible. Me quedé hasta la madrugada cambiando las fechas del servicio con los proveedores y perdí el *catering* (tienen una cena en el nuevo día de la inauguración). Lo que quedaba de la noche del sábado lo pasé en casa. Fui caminando desde la galería y me crucé con muy poca gente. Hasta los que habían salido de fiesta se habían ido a dormir hacía tiempo. Mis pasos resonaban contra los adoquines húmedos y las fachadas de los edificios me devolvían un martilleo sordo tamizado por el ruido de los coches. Al día siguiente, ni siquiera quise tomar algo con Nerea y su chica. Estaba agotada y triste, y después del intercambio de mensajes con Álex me sentía sola.

Hoy mi *coach* me ha citado en el bar de la esquina para invitarme a un café. No es el estilo de Corazones, pero ha sugerido que nos vendría bien hablar en un lugar más distendido. El bar tiene el suelo decorado con un damero de baldosas negras y blancas cubierto de servilletas sucias. Hay pocas mesas libres y los camareros llevan pajarita. Un par de ellos saludan a Álex. Las paredes están cubiertas de espejos, que me devuelven la imagen de señoras que desearían estar jugando a las cartas. Ocupamos una mesa al lado de la ventana. Pedimos dos cafés.

Álex lleva al trabajo una mochila negra, pulcra, con refuerzos en los laterales, como si custodiara un gran secreto. Supongo que su ordenador guarda datos de mujeres a las que no les gustaría nada que su vida íntima quedara al descubierto. Sostiene la mochila con celo en su regazo, aunque ha dejado la chaqueta —esa chaqueta marrón que me gustaría hacer trapos— doblada en la silla que está entre ella y la ventana. Se ha hecho un moño un tanto desaliñado, a la altura de la nuca, y ese aspecto descuidado le acentúa las arrugas a los lados de los ojos y en la frente. Está preciosa.

—Quería pedirte disculpas, Tania. Perdí los papeles.

Tengo una adivinanza: roca por fuera, imbécil por dentro, ¿qué es? Es Tania Sanders, experta reputada en arte contemporáneo y una amante de pacotilla. Sé que me equivoqué y que ahora es mi turno para reconocerlo.

—Yo también te debo una disculpa. Llevabas razón. No me interesa Dan como pareja. —El camarero nos deja los cafés en la mesa—. No me lo tomé en serio y es una pena porque es buena persona.

—Es buena persona, tú lo has dicho. La alegría de la oficina. Y por hacer la locura de llamarte y salir contigo ha puesto en riesgo su trabajo. Pero no quiero censurarte, ¡aunque habría preferido que me lo hubieras contado! —me dice intentando medir sus palabras, pero lanzándome una de esas miradas que fulminan—. Es importante que haya confianza entre las dos si queremos sacar algo bueno de tu paso por Corazones, que sé que lo vamos a sacar. En fin, si queremos trabajar juntas, debemos confiar la una en la otra.

—Llamé por teléfono a Dan el otro día para aclarar las cosas. Sé que no es mucho. Lo invitaré a la galería cuando inauguremos la exposición nueva. —Miro el café y lo remuevo, pero al llevarme la taza a los labios me doy cuenta de que lo han puesto casi helado—. No quiero que piense que no me importa nada.

Álex deja la mochila a un lado. Quiere cruzarse las piernas. Las descruza. No sabe si decirme lo que tiene en la cabeza. La dejo pensar.

—Lo que no entiendo es por qué le hiciste todas aquellas preguntas. Creo que te he contado todo lo que necesitabas saber de mí —dice con la voz dulce de quienes cuentan cuentos cada noche—. Si me lo hubieras preguntado, te habría respondido a todo.

Empiezo a preguntarme cuál es el fin de esta conversación. ¿Quiere acercarse a mí? ¿Quiere proteger a la empresa? De repente, recuerdo que, desde el principio, el negocio de Corazones me ha olido a timo. Tantos hombres y mujeres poniendo su vida sentimental en sus manos... Me parece una bomba de relojería a punto de estallar. Discrepo de cada uno de los párrafos de su manual, no creo que el amor pueda construirse a base de arquetipos, me aburren sus teorías sobre el anillo de candidatas... Lo que pienso hoy del amor es que no existe y eso no puedo decírselo a Álex, no después de haberme comprometido a participar en el programa. Además, mañana puede que piense otra cosa y vuelva a perseguir a cualquier hechicera que me prometa que puede devolverme al único amor al que he querido siempre.

Ella alarga una mano, como intentando sellar un nuevo pacto entre las dos. Está esperando mi respuesta. Sé que quiere ayudarme. Cree que es posible hacerlo. Y, después de un fin de semana de soledad infinita, estoy totalmente convencida de que necesito algo de ayuda.

—En realidad, ya sé lo que necesito saber. Quiero decir que ya lo sabía antes de... Ver... Quedar con Dan. Te lo digo de verdad. —Hago una pausa y bebo un sorbo de mi taza para aclararme la garganta—. Vamos a olvidarlo y a seguir con el programa.

Estrecho su mano. Es suave y cálida, pero aprieta como si quisiera dejarme claro que ya no hay marcha atrás. Creo que he firmado un contrato del que ya no podré escapar y supongo que es esa la razón por la que el corazón me late con tanta fuerza. ¿Es esa?

Hablamos de otras cosas. Álex, como siempre, me cuenta anécdotas de su hijo. Paga los cafés en la barra y vamos juntas a las oficinas de Corazones. Al pasar por la recepción, Dan nos saluda estirando la sonrisa de manera forzada. Su boca ha enflaquecido desde la semana pasada. La expaciente de mi padre está sentada en la recepción. Recuerdo que no lo he llamado en semanas. Ni siquiera le he dicho que estoy montando otra exposición, tampoco a mi madre. Cuando giro la cabeza, alza una mano y me saluda agitando solo la punta de los dedos. Parece feliz de estar aquí. Álex y yo volvemos a encerrarnos en el quirófano sentimental.

—Me gustaría empezar hablando del mismo tema que vimos el otro día. No fue nuestro mejor momento y los conceptos eran importantes, así que, para tener un lugar donde empezar, dime, ¿qué idea te quedó sobre la energía femenina y la energía masculina?

—La energía masculina hace, produce, busca. La energía femenina procrastina.

—¿Y dicho con algo más de cariño?

—Es la capacidad de recibir lo bueno que hace por ti otra persona, de dejarse ayudar y de dejar que otros te hagan feliz.

Pero he de decirte que el concepto de diva, diosa o portera del templo de la energía femenina no va conmigo.

—Una pregunta, ¿cómo crees que lo has hecho hasta ahora? ¿Has dejado que tus parejas te hagan feliz?

—Acepto bombones cuando me los regalan.

—Tania...

Me mira como esas modelos superatractivas de las publicidades de ópticas, que no necesitan gafas en absoluto y te escudriñan a través de los cristales como si te fueran a derretir con la mirada.

—Para ser honesta, creo que es una de las cosas que peor hago en la vida. Odio que la gente me ayude. Odio sentirme ayudada. La felicidad de uno mismo es siempre una responsabilidad individual.

En la galería, cuando hay una exposición que funciona bien y acude bastante público, suele haber mucho trabajo. Siempre que salgo a por un café, le pregunto a Marcela si quiere otro. A veces la respuesta es que sí, otras veces que no. Un día vino a quejarse un poco apurada. Siempre que ella sale a por algo, nunca le pido nada, aunque siempre me lo ofrece. A Alonso le encantaba eso de mí. Los dos éramos autosuficientes en materia de sentimientos. Su novia de entonces solía montarle escenas de celos con un nivel de dramatismo novela turca. Sin embargo, si yo tenía un mal día, no le llamaba. En ese sentido, para mí no han pasado los años. Nerea se enfadó mucho conmigo cuando se enteró de que estaba saliendo con Nina, la primera mujer en mi vida. Habían pasado meses desde que la conocí en el bar de Amberes y he de reconocer que, en parte, influyó en mí el hecho de que Nina parecía resistirse a bautizar la relación que teníamos de alguna manera. Nunca supe si éramos novias. «Hubiera querido acompañarte en esto. Es un proceso y no siempre es fácil», me dijo. Pero Nerea nunca puede enfadarse conmigo más de un par de días, así que todo se quedó en eso. Una advertencia.

—Eso me imaginaba —dice Álex—. En lo último creo que llevas razón. Cada uno es responsable de su felicidad, pero en una pareja eso no funciona al cien por cien. Tienes que dejar que la otra persona haga cosas por ti. Y, aunque de forma tradicional y en las parejas hetero se asocia la energía masculina con los hombres y la energía femenina con las mujeres, la energía o, mejor dicho, la distribución de la energía, cambia según las parejas. A veces el hombre tiene mucha energía femenina y, la mujer, masculina. Lo importante es que los dos se equilibren. —Álex se ajusta el moño indomable que parece gobernar esa belleza desaliñada suya desde esta mañana—. Y eso nos sirve también para las parejas homosexuales.

—Quemaría en una pira a esa gente que te pregunta quién hace de hombre y quién de mujer.

—Exacto. Solo tenemos dos mujeres con energías distintas, y muchas veces cambiantes, que tienen que buscar un punto de equilibrio —dice Álex, y luego intenta buscar mis ojos para decir lo siguiente—. A este paso te vas a convertir en mi alumna preferida.

Otra vez me obligo a sonreír con sus bromas escolares. No me hacen gracia, pero me gusta que quiera ser la misma mujer de hace una semana.

—Bien, siguiente lección. Tengo que reconocer que el Text Training es una de mis partes favoritas, por eso vamos a repetirlo, pero ahora de una manera muy distinta.

Álex agita su móvil en las manos como si me estuviera enseñando una fruta deliciosa y saca de su mochila unas cuantas tarjetas plastificadas. Lleva las uñas pintadas de rosa palo. El objetivo es practicar qué tengo que contestar cuando reciba mensajes de mis posibles amantes. «Vamos a practicar el noble arte del chat», explica. En cada una de las tarjetas hay una frase escrita, todas sacadas de casos reales de clientes de Corazones. Cuenta que lo más complicado es que, con frecuencia, acaban en parálisis. «Lo que queremos evitar es que te dejen "en visto", como dicen mis sobrinas, o que te enredes en conversaciones que no llevan nunca a ninguna parte». Los dos primeros ejemplos parecen bastante aburridos: «Hoy no puedo quedar», «Ojalá pudiera salir contigo el finde»... La estrategia que Álex pretende enseñarme consiste en empujar hacia la otra persona de lo indeterminado a lo determinado. Es decir, que la mujer de tus sueños no puede tomar un café el sábado a las cuatro, que sea el domingo a las doce o el martes a las seis; sin embargo, si ella declina todos los planes y no propone, no tiene un verdadero interés en mí y debería olvidarme de ella. Me parece poco delicado decirle a Álex que yo no suelo tener ese tipo de problemas, pero, entonces, llegamos al tercero.

—¿Qué es esto? ¿Dos paréntesis?

—En efecto, el silencio. Hablas durante un par de días con una persona, o quedas un par de veces a cenar, o incluso te ves durante dos o tres meses y, de repente, ¡chas! Esa persona desaparece. ¿Qué haces?

—La dejo en paz. El silencio es una forma de comunicación pura.

—Te voy a pedir que durante unos minutos aparques tu lado más abstracto.

»La mayoría de la gente, cuando no recibe respuesta, se pone en lo peor: una enfermedad, un accidente, un rayo... Por eso no contesta. Entonces, comienza una fase de angustia. Pasan las horas, y tú te quedas mirando el móvil y aceptando todas las solicitudes de actualización de las aplicaciones. En el peor de los casos, insistes: «¿Te ha pasado algo?». Y nada, silencio. Tu demonio interior sigue comiéndose la cabeza: ¿Será por el trabajo? ¿Ha tenido que salir de viaje? Sin embargo, no ocurre nada de eso. Incluso si esa persona tuviera que improvisar un viaje a Japón, Cuba o Zimbabue, allí también tendría conexión a internet. Lo que sucede es que no está segura de lo que siente o de lo que sientes tú por ella. Y no sabe si merece la pena continuar con vuestra historia.

Esta vez ha dado en el clavo. Me pasa con frecuencia. Nina solía hacerlo. De repente, pasaba tres o cuatro días sin escribirme, sin quedar conmigo, evitándome. Siempre era yo quien tendía los puentes de vuelta. Además, recibo cada vez más de lo que yo di a Dan. Quedo con una mujer una noche y luego no vuelvo a oír nada de ella. Si me gusta de verdad, insisto. La llamo, le mando mensajes. A veces he recuperado a alguien de nuevo, pero Álex lleva razón: esas personas nunca se quedan.

—¿Y entonces? ¿Qué debo hacer?

—A ver. Lo que sucede es que ese alguien especial ha perdido interés, ¿no? Entonces, debes generar un poco de suspense. No se trata de jugar con la otra persona, eso nunca te lo voy a recomendar, pero sí despertar su curiosidad.

—Seguro que tú eres genial haciéndolo. Me tienes en ascuas.

—Es sencillo. Y tú eres una persona muy creativa, así que estoy segura de que lo vas a hacer muy bien. Piensa un poco en la publicidad. —Álex abre la mano, estira sus piernas de diva y agranda el gesto como si estuviera mostrando los carteles de cine de la plaza de Callao—. Esos grandes anuncios de playas en lugares paradisiacos, con un montón de aventuras, cócteles maravillosos, templos ocultos en la selva y, al final, un eslogan gigante: «¿Vas a perdértelo?».

—Lo veo. ¿No es un poco pretencioso?

—Por eso quería que repasáramos la cuestión de las energías antes de ponernos con esto. Lo que debes hacer es unir ese interés con la confirmación de que esa persona te está haciendo pasar un gran rato, te está haciendo feliz, estás disfrutando con ella. —Mientras habla, separa un poco las rodillas e inclina la espalda hacia delante. Junta ligeramente las manos—. Pregúntale: «¿Sabes qué me gusta de quedar contigo?». O: «¿Sabes qué me gustó de ti la otra noche?».

—Me gusta. Parece divertido. ¿Sabes qué me gustó de cuando tomamos café esta mañana?

—No vayas por ahí, chistosa.

Veo que intenta reírse, aunque hemos dejado atrás la complicidad de los últimos días. Me gustaría recuperarla, pero, aplicando sus propias teorías, debería evitar perseguirla y tengo que darle espacio. «La tasa de abandono hoy en día es muy alta, más aún si no te esfuerzas en atraer a alguien cuando tiene dudas, pero ¿de verdad quieres asociarte con alguien que no piensa que eres la mujer más maravillosa sobre la tierra?». Según ella, hay que confiar en que esa persona llegará. De repente, una sombra sobrevuela mi cabeza.

—Álex, creo que en eso las mujeres somos algo distintas. Creo que nosotras nos comprometemos más. —No me creo que yo haga semejante comentario sexista.

—Si te soy sincera... Hoy en día me parece que hombres y mujeres somos iguales en esto.

Se gira hacia la pizarra. Su moño colgante está a punto de deshacerse del todo. Admiro cómo le gusta contarme todo lo que sabe.

T: Toc toc

Á: Quién iba a decirme que tus recursos para llamar la atención por aquí iban a ser tan casposos (emoticono de sonrisa)

T: O sea que estás disponible. Te cuento...

Á: No tan rápido...

T: Señora coach, es usted quien me conmina a informarle sobre mis evoluciones en el campo de la intimidad.

Á: ¡Yo no hablo así!

T: Te escribo porque no puedo vivir sin tu asesoramiento.

Á: Las dos sabemos que eso no es cierto...

T: Es una verdad a medias.

Á: No te sigo.

T: Corazones me cuesta tanto dinero que no puedo denostar tus consejos, aunque me lo plantee varias veces al día.

Á: Oh, ahora me siento mucho más valorada. ¡Muchas gracias!

T: La señora coach también tiene un máster en Ironía. ¡Qué universidad!

Á: La Universidad de la Calle.

T: Touché. ¿Cuántas veces escuchas esos clichés horrendos al día?

Á: No puedo hablar de otros clientes.

T: Lástima. Sería taaaaaaan interesante (emoticono verde de enfermedad)

Á: (risas)

T: Ahora en serio. Me gusta hablar contigo. ¿Te pillo en buen momento?

Á: Voy a meter a mi peque en el agua. Estoy llenando la bañera.

T: Eso voy a hacer yo: llenar la bañera, encender unas velas, un poco de jazz...

Á: Si no te conociera ya un poco, diría que suena a invitación.

T: ¿Y no era mi coach favorita la que decía que nunca se llega a conocer a alguien del todo?

8

He pasado los últimos tres días en estudios de radio, platós de la televisión, redacciones y cafés de todos los barrios de Madrid. Me ha costado mucho sacar tiempo para el Date Play del que Álex viene hablándome desde hace días. El *sketch*, como lo llamo cuando quiero molestarla, consiste en una cita ficticia que debe tener lugar en las instalaciones de Corazones. Álex supervisa toda la sesión y luego hace un *post mortem* conmigo (en Corazones necesitan más gente en *marketing* para cambiar los nombres de los elementos del programa, se lo he dicho). Ella ha insistido en que no me lo tome a broma y, aunque es consciente de mi cambio de actitud, me ha explicado varias veces que espera de mí un nivel de ironía comedido. Al llegar a Corazones, Dan me indica que han cambiado nuestra cueva habitual por la sala de citas. Llego bastante tarde. Volver a ver a Dan sonreír me toca el corazón, aunque hay algo raro en él. Quizá sea porque vengo algo más arreglada de lo normal, por las entrevistas. He elegido una falda color ciruela cortada al bies y una blusa sin mangas, y he desempolvado las tres joyas que tengo: una gargantilla de brillantes, un reloj de plata y unos pendientes con forma de libélula que tienen amatistas por alas. Llevo también un bolso nacarado, redondo, y la agenda en la mano.

¿Se reirá Álex al verme vestida como una dama? De camino a la sala, una uña se me engancha con la seda de la falda. La culpa es mía, me las he estado mordiendo. De repente caigo en la cuenta, Dan no sonreía por mi atuendo. Algo pasa. Cuando me dirijo a la sala, según sus indicaciones, me encuentro con Álex en el pasillo, que sale en ese momento de la sala. Lleva puesto un jersey de cachemir de color azul índigo que le sienta fenomenal. Tiene cara de circunstancias.

—Ha habido un problema, Tania.

—¿De qué se trata?

—Pues solo tenemos una actriz formada para las relaciones lésbicas y me ha escrito esta mañana diciendo que tiene una gripe de campeonato.

—Para mí es complicado hacerlo otro día. Estoy hasta arriba de trabajo.

—Lo sé. Lo único que puedo ofrecerte es que... Que... Tengas la cita conmigo.

—Pero tú eres mi *coach*.

—Te pido que hoy hagamos una excepción.

No puedo negarme. Mañana Nikki Kos aterriza en Madrid. El maratón de entrevistas se multiplica por dos y la inauguración tiene lugar en una semana. Hasta que no se marche el último invitado, debo ser una mujer invisible para las otras mujeres. Y, cuando pase, todavía tendré otra semana más de mucho trabajo.

—Está bien.

—Te debo una.

Entro en la habitación. No me la imaginaba de esta manera. Se parece al resto de salas de Corazones, pero en el centro han colocado una mesa redonda cubierta por un mantel con flores estampadas y, sobre ella, una botella de vino, dos copas y una tabla de quesos. Las copas están vacías. Álex entra en la sala detrás de mí y me retira la silla. A mi espalda queda una pared de cristal, detrás de la cual hay un escritorio. Supongo que, de haber sido esto un Date Play clásico, Álex habría estado del otro lado. Igual le hubiera separado yo la silla. Ay, no sé. Todo esto es demasiado raro. Me siento y Álex corre a colocarse frente a mí. ¿Qué hace Álex fingiendo ser lesbiana?

—Has venido muy guapa —dice a media voz. Quizá desee relajar el ambiente, pero no sé si lo está consiguiendo—. No esperaba que te lo tomaras tan en serio.

—Tenía entrevistas esta mañana. —Lo cual es cierto y, a la vez, no. Quería venir guapa, pero no quiero que ella lo sepa.

—Ya me parecía a mí.

Me mira de soslayo mientras descorcha la botella de vino y sonríe. Observo que por fin ha tenido tiempo de arreglarse. Su corte de pelo sigue siendo un desastre, pero va bien peinada y huele de esa forma suya tan característica. Se ha vestido como un pincel y, aunque desconfío de que no esté por ahí escondida, no veo ni rastro de la americana marrón. En su mejilla veo un arañazo corto y reciente. Seguro que ayer le tocó dormir con el Capitán América. Se ha pintado los labios del mismo color tenue que usa para pintarse las uñas.

—¿El vino es bueno? —No sé qué tonterías estoy diciendo.

—Aquí vendemos clase, señorita.

Y es cierto que no está malo. Álex me sirve una cantidad discreta y llena su copa hasta la misma altura, pero, a diferencia de mí, apenas prueba el líquido. No le pregunto por qué. Sé que dirá algo como que luego tiene que seguir trabajando, o que tiene que ir a buscar a su niño...

—Pues empecemos —dice—. ¿A qué te dedicas?

—Soy galerista de arte.

—¿En qué consiste tu trabajo?

—Busco artistas, visito sus estudios y, si me gusta lo que hacen, los traigo a Madrid para que todo el mundo pueda conocer su obra.

—¿Da para vivir?

—No a todo el mundo.

—Mmm... —Álex tuerce la boca.

—¿Qué? La pregunta no era precisamente educada. ¿Tengo que fingir que no me van bien las cosas?

—¿No puedes ser un poco más humilde?

Odio la falsa modestia. A veces también odio a Álex, sobre todo cuando me reprende por ser como soy. ¿Esto no iba de aceptarse a una misma?

—Tomo nota.

—Vale, pues entonces seguimos. —Mira un momento al techo para recordar dónde nos habíamos quedado—. Seguro que viajas un montón. ¿Te gusta viajar? ¿Cuál es el último sitio en el que has estado?

—En Birmania. Pero la verdad es que no iba buscando a ningún artista.

—¿Por qué fuiste, entonces?

—Quería conocer el país.

—¿Te gustaría viajar conmigo?

—Bueno, soy un poco anárquica. No suelo hacer planes. No sé si a ti te gustaría esa forma de viajar.

—¿Por qué piensas eso?

—No sé. Parece que eres más ese tipo de persona al que le gusta tenerlo todo organizado.

—Bueno, me encantaría viajar a tu estilo al menos una vez en la vida.

—De acuerdo.

Álex hace una pausa en la que parece recuperar su disciplina laxa de instructora de yoga.

—Bien, ¿qué ha ocurrido aquí? —pregunta.

—No lo sé. ¿No lo estoy haciendo bien?

—¿Quién está haciendo algo por quién? No me has preguntado siquiera si me gusta viajar y te has dejado llevar por los prejuicios que tienes sobre mí. Te he ofrecido la oportunidad de que te apuntes a un viaje conmigo y tú has respondido que somos demasiado diferentes para hacerlo juntas.

—Pero es lo que pienso.

—Tienes que bajar la guardia.

—¿Contigo? —Y sospecho que, de forma inesperada incluso para mí, me estoy poniendo un poco roja.

—Con todo el mundo.

Álex saca un cuaderno de notas y un bolígrafo. Escribe sobre mí con su letra pulcra y eso me saca de quicio. De nuevo me hace sentir como una cobaya. Pienso que no tiene derecho a juzgarme. Luego, recuerdo que estoy aquí para que lo haga, que le pagan por eso. Mientras piensa qué añadir a mi lista de inconvenientes, veo que se muerde el labio y lo suelta de manera casi compulsiva. No puedo dejar de mirarle la boca. Entonces dice:

—Y, además, esa actitud...

—¿A qué te refieres?

—Sé que tener la cita conmigo no es lo que esperabas, pero deberías seguirme un poco el juego. No me estás dando ni una sola oportunidad. Estás encogida en la silla, con los brazos cruzados. —Me apunta con el bolígrafo y señala partes de mi cuerpo—. Todo en ti transmite rechazo.

—Pero... ¡Es que tengo frío!

—¿En serio?

—Estoy helada. Esta oficina parece una tumba.

—Toma, exagerada. —Álex se quita su jersey azul y me lo pasa—. Como me estés tomando el pelo, te la cargas.

—Te juro que no.

—Seguimos. ¿Vale? —Me pongo su jersey y aspiro su olor casi sin querer. Es fino y suave. Es de mi talla. Podría haberlo comprado yo misma un día en el que estuviera esforzándome en cuidarme un poco más—. ¿Cómo te ves en diez años?

—¿En serio me vas a hacer pasar por esto?

—Estoy segura de que no es la primera vez que te lo preguntan.

No. No es la primera vez. Ni tampoco es la primera vez que me preguntan qué rasgos de mi personalidad destacaría, qué he estudiado, si me gusta viajar, si he vivido fuera de España, qué tipo de relación estoy buscando, si he convivido con alguien, si me gustaría ser madre... He pasado por todas las preguntas y clichés una y otra vez, como un hámster en su rueda. Y, aunque le he prometido a Álex que me mojaría, me apetece más vaciar esta botella recitando la lista de los reyes godos antes que responder sus preguntas.

—Me veo trabajando en mi galería, con más artistas representados y junto a una compañera de vida que me haga feliz.

Álex me mira en silencio. Valora que me tome esto en serio. No me mira demasiado a los ojos. Me pregunta más cosas y toma notas. Luego, sigue hablando de esos estereotipos horribles. Siento que he contado la historia de mi vida una y mil veces, y no me resulta atractivo volver a contarla. Creo que ella lo nota. Mi hartazgo. Me pregunto cómo será ella en la intimidad de una cita y cómo conquistó a su pareja. ¿También tuvo que pasar mil veces por esto? ¿Tenía más paciencia que yo? Me ha demostrado que tiene sensibilidad y que detecta cómo me siento antes incluso de que abra la boca. ¿Le pasa eso también con su chico?

—¿Qué vas a hacer después? —Álex adelanta su mano y la sitúa cerca de la mía. La retiro como un rayo—. Tania, no...

—Sé lo que vas a decir. La he apartado por puro instinto.

¿Qué me pasa? ¿Por qué me pongo tan nerviosa? Creo que me he puesto aún más roja. Ella parece confundida. ¿Qué hago? Mira, ya está. Le agarro la mano. Ella permanece en silencio unos segundos y después continúa.

—¿Qué vas a hacer después? —vuelve a preguntar en un tono que me resisto a ver como seductor, pero que, no tengo dudas de ello, es distinto al de la *coach* con expediente solo-sobresalientes-y-matrículas-de-honor.

—¿Qué vas a hacer tú? —digo intentando mantenerme a la altura de una situación sobre la que he perdido totalmente el control.

Sus ojos verdes, que antes brillaban con una luz misteriosa, ahora me observan como si yo fuera esa alumna que nunca será capaz de aprender cómo se hace una raíz cuadrada.

—Mmm... No es la mejor respuesta —dice en tono aleccionador—. Lo más importante, Tania, es que entiendas que tú eres un premio, el premio gordo. Ella tiene que conseguirte. No digas que sí a la primera porque entonces... Es demasiado fácil. Matas todo el misterio antes de que surja.

—Eso es lo opuesto a lo que me has dicho antes. —Estoy confundida, en muchos sentidos—. Me has dicho que me dejara llevar.

—Ahí está el truco. Tienes que buscar un equilibrio.

Mi mano sigue encima de la suya, las yemas de mis dedos sobre su palma. Intento no pensar en ello cuando retoma la conversación. Le respondo que es demasiado pronto para que me acompañe, pero que estaría encantada en saber más sobre ella. Entonces, comienza a hablar. Es como si hubiera activado el resorte de la caja que guarda sus secretos. Me cuenta que nació en Salamanca y que estudió Sociología en Madrid, un poco por elegir una carrera, porque no tenía muy claro qué hacer con su vida. Luego, todavía perdida, comenzó Psicología y la dejó a medias para irse a Estados Unidos. Allí comenzó a trabajar como *coach* en varias empresas, empujada por la necesidad de conseguir un empleo cuanto antes. Le enganchó. Me cuenta que allí es una profesión que no levanta tantos escepticismos, que muchísima gente contrata un mentor cuando quiere evolucionar en el ámbito profesional, terminar un proyecto con el que se encuentra bloqueado o, como en mi caso, cambiar la forma en que gestiona su vida sentimental.

Conoció a su marido, Steve, en la primera empresa en la que trabajó. Fueron felices durante diez años y al undécimo él le comunicó que se marchaba a India. Se sentía perdido. Su niño tenía dos años. Cuando se vio sola en un país que no era el suyo y con la responsabilidad de ser madre, le propuso a Steve que ella y el niño se marcharan a España. Sus padres se habían mudado a Madrid hacía tiempo. Y así fue como se instaló aquí. Me cuenta que ha dejado de comer carne porque cree que nos estamos cargando el planeta, pero, si ve un buen filete o unas lonchas de jamón, se le hace la boca agua. Dice que su niño se llama Leo y que, cuando no pregunta por su padre al acostarle, duerme toda la noche del tirón. Pero eso no siempre sucede. Me dan ganas de preguntarle si ella también lo echa de menos. Pero no me atrevo. Cuando termina de hablar, nos quedamos calladas. Un minuto después retiro mi mano de la suya como si me quemara.

—¿Satisfecha?

—Sí.

Siento que no puedo aportar nada más en esta conversación, pero Álex me mira con hambre y en sus ojos se respira una vulnerabilidad que me gustaría aplacar. Es como si se hubiera quedado a mitad de todo. Ese ángel de perfección que yo me había imaginado ha querido bajarse del pedestal para que la tocara y a mí... Me gustaría hacerlo. Porque creo que las dos necesitamos más y que los tiempos de Corazones se nos quedan siempre cortos.

—Bien. Pues... La cita ha terminado.

Bebo un sorbo de vino. Miro mis cosas sobre la mesa —la agenda, el bolso...— y comienzo a cambiarlas de sitio como si no supiera cómo llevármelas. Me levanto. Mis pies tocan suelo firme. Luego, me quito su jersey y se lo devuelvo antes de marcharme.

Aciertos:

Ha venido segura de su imagen (muy guapa y enjoyada), lo cual ha ~~está bien~~ ~~sido interesante.~~ Se nota que se está tomando en serio el ejercicio, *el* aunque no quiera admitirlo.
Habla con honestidad sobre su trabajo, lo cual es positivo. Se ve que tiene éxito. Aunque es correcta su puesta en valor y que se valore a sí misma, debería suavizar el tono.
Los viajes fueron un buen punto de conversación, aunque no los aprovechó del todo. Parece que le interesa compartir cosas personales, pero no termina de abrirse. (¿Lo habría hecho con la actriz? ¿Ha sido por mí?).
El momento del jersey fue interesante. Aunque no lo quiso mostrar, se vio vulnerable. Esto puede ser una puerta, si sabe cómo manejarlo.

Fallos:

Se muestra rígida y prejuiciosa. Asume cosas sobre su interlocutora (como mi forma de viajar) sin preguntar. Eso no ayuda a crear una buena dinámica entre ~~nosotras.~~ *posibles parejas*
No hizo preguntas a su pretendienta. (¿No le importó? ¿Le habría importado más la actriz?). Se enfocó mucho en sí misma al principio, lo que frenó la conversación. Debería ser más recíproca.
En ciertos momentos su lenguaje corporal transmitía rechazo (cruza los brazos, aparta la mano). No puedo saber si ha sido hacia mí o hacia toda la situación.
Está confundida entre dejarse llevar y mantenerse a la defensiva. Necesita encontrar un punto medio porque, ahora mismo, está generando demasiada tensión innecesaria.

Conclusiones:

Tania debe aprender a abrirse más y bajar la guardia. Necesita ser más receptiva y dejar que la otra persona participe más en la conversación. Tania también debe trabajar en dejarse ver más vulnerable. Más PERSONA.

9

No bajar jamás la guardia. Eso es lo que requiere organizar una exposición en la calle con más galeristas de Madrid. Todos los ojos que importan te están mirando. Todas las obras deben estar a punto; los grandes compradores tienen que haber confirmado asistencia; la gente relevante del gremio, avisada; que el *catering* incluya canapés para veganos y celiacos en el menú; buscar una banda veterana y cumplidora que no intente impresionar a su audiencia ese día; asegurarse de que funciona el equipo de sonido, el *photocall*, la iluminación para el escenario y las fotos... A la entrada de Caleidoscopio hemos instalado un atril para tomar nota del nombre de los invitados. No le negaremos la entrada a ningún conocido. Detrás de nosotras, hay un burro con perchas de sobra para todos los abrigos. Al lado de la puerta que da entrada al estudio está la mesa, cubierta con un mantel negro, donde se colocarán las bebidas. En la cocina los chicos del *catering* se afanan en prepararlo todo.

Una *wedding planner* no sabría de dónde le vienen los golpes en la inauguración de la primera exposición de una artista novel. Por cierto, ¿qué pasa con ella? Ya han comenzado a llegar los primeros invitados. Aquí están ya el matrimonio Salgado, mis amigas Nerea y Carla (me han recordado que dentro de diez días nos vamos a la Costa Dorada de despedida de soltera), los Gutiérrez-Saz, el socio de Alejandra de Santos, varios críticos a la espera de ver cómo se desarrolla la velada (sobre todo cómo los coleccionistas, que son los que se dejan algo en todo esto, reaccionan a la obra), otros autores que fingen no estar compitiendo con Nikki... En definitiva, gente que ha pisado la M-30 en hora punta rara vez en su vida. También ha llegado ya una periodista, pero es novata o no suele cubrir temas de cultura. Es la primera vez que la veo. Pero la gran estrella de la noche, la jovencísima creadora eslovena Nikki Kos, sigue ausente.

Ayer celebramos una cena. Quería presentar a Nikki a los clientes más fieles de Caleidoscopio y a los otros artistas que represento que viven en Madrid. Le pedí a Alonso que viniera. Me costó media hora de ruegos. Creo que al final entendió que la galería es mi forma de vida y que necesito una continuidad para mantenerla a flote justo para que creadores como él puedan exponer sus obras. Al final, conseguí de él un «te perdono» que yo sabía ganado de antemano. Solo quería hacerme pasar por el trámite y yo tenía una misión para él. Llevo observando a Nikki desde que ha llegado a Madrid. Es demasiado joven, tímida y formal, casi aburrida. A ratos me parece extraño que tanta fuerza quepa en una existencia tan mínima. No es por su complexión física. Es más alta que yo, tiene cuerpo de deportista. Aunque el color de su pelo no resulta bonito —se parece al pardo apagado de algunos caballos—, sus ojos llaman la atención. Grises y traslúcidos, casi asustan. No tiene la soltura suficiente para desenvolverse sola en las citas con prensa, clientes y fanáticos del arte que vamos a tener estos días. Sigo sin noticias de ella. La llamé hace unos cinco minutos, pero me saltó el contestador automático. Ayer, cuando hablé con Alonso por teléfono, le conté la situación y le pedí que se encargara de Nikki. Cuando recibí a los invitados en la entrada del restaurante, la fui presentando a cada uno de ellos. La creadora apenas les dedicó unos cuantos monosílabos. Daba las conversaciones por terminadas en menos de un minuto. Por eso, le reservé un sitio junto a Alonso en la cena y a él le dije: «Haz que se divierta». «Parece un maniquí», me recriminó mientras se colocaba los rizos oscuros y se ajustaba el nudo del pañuelo de reflejos dorados que cerraba su camisa como una corbata. A la llegada del plato principal, él enumeraba discos de los Rolling Stones que todo el mundo, sin discusión, debía conocer. *¿Exile on Main Street? ¿It's Only Rock'n'Roll? ¿Some Girls?* Nikki negaba con la cabeza y le decía que ya nadie escuchaba *that old music*. Pero solo estaba jugando con él. Me ha contado que le fascina el *swing*, el *blues* y el *rock* clásico, que sale a bailar a los clubes de su ciudad casi todos los días. También canta en una banda de *jazz* y me enseñó vídeos. Tiene una voz preciosa y, cuando canta, no hay ni rastro de esa vergüenza perenne que estos días se le ha pegado al cuerpo como una lapa. Necesita un empujón.

Nikki, Nikki... ¿Le habrá pasado algo? Lo último que sé de ella es que, acabada la cena, Alonso se ofreció a acompañarla al hotel.

—Alonso, ¿sabes dónde está Nikki?

—Acaba de salir para allá.

—Dime, por favor, que salió hace media hora porque si no cogerá todos los atascos.

—Ha salido hace cinco minutos. Diez a lo sumo.

Mierda. Mierda. Mierda. Siete millones de veces mierda. Bien. Tenemos que asumir que a las siete de la tarde tendré una galería llena de gente para inaugurar una exposición con una pintora-escultora-artista conceptual muy prometedora a la par que ausente. Perfecto. ¿Nadie tiene a mano un helicóptero? ¿El Batmóvil? ¿Una cuchilla para cortarme las venas? Eso me pasa por estar siempre al acecho de artistas novatos (noveles no, novatos, lo he dicho bien). Esto es un castigo. Tendría que haber esperado a que Alonso acabara sus cuadros. No tendría que haber gastado ese dinero en Corazones. Voy a seguir viniéndome abajo un rato mientras sigo dando la mano a mis invitados y finjo que no estoy hiperventilando.

—Tania, los de la banda ya están por aquí.

—Bien, Marcela.

—Empiezan después de la presentación, ¿no?

—Esto... No. ¡Cambio de planes!

—No me asustes, ya sabes que no me gustan los cambios.

—Nikki viene con un pelín de retraso.

—No me definas «pelín de retraso». No lo quiero saber. Ay, Tania, me va a dar un ictus aquí, ahora mismo. —Siempre funciona tener un histérico al lado. Te obliga a tomar las riendas de la situación al instante—. ¿Tienes un Lexatin? Dime que tienes un Lexatin.

—Llevas tú siempre en la cartera. ¡Pero no quiero que te tomes nada! Y habla más bajo, que nos van a oír. Mira, dile a la banda que se prepare para empezar a tocar a las siete, ¿vale?

Desde mi sitio, veo que el batería de calva lustrosa y barba cincelada alza las baquetas al cielo, como diciendo «imposible», pero el contrabajista, después de abrir el estuche de su instrumento, se ha puesto a ayudarlo a montar platillos, cajas y bombo. El pianista —un hombre escuálido vestido con pantalones de pinza que está comiendo un chupachup— ajusta mientras todos los micrófonos. Su teclado ya está listo en un rincón. Es lo bueno de trabajar con veteranos. Me acerco al *catering* y les pido que comiencen a servir el vino a las siete y cuarto. Siempre me gustan las presentaciones limpias: primero, las palabras; luego, comida y bebida. Han tenido un problema con los vinos. Llegarán para las ocho. A las siete y cuarto solo tendremos champán.

—¿Está frío?

—Sí.

—Pues que rule.

—Oiga, también podemos adelantar los canapés.

—Solo champán.

Eso es, Tania Sanders, no bajes jamás la guardia. ¿Me acabo de llamar por mi nombre completo? Me acerco al pianista y le pregunto si conoce *Strange Things Happenning* de Etta James. Responde que sí. En ese momento, aparecen por la puerta Dan y Álex.

—¿Va todo bien, Tania?

—Va. El lunes os cuento los detalles.

—¿Y Nikki? Tengo muchas ganas de conocerla. —Dan ha venido con vaqueros y una americana negra que le sienta fenomenal. Está emocionado. Me ha preguntado varias veces qué tenía que ponerse para venir hoy, que quién vendría, que si podría hablar con todo el mundo. Parece que ha nacido para caer bien.

—Ya falta poco.

Me cuelo entre la gente con la excusa de llevar sus abrigos al guardarropa, pero lo que quiero en realidad es acercarme de nuevo a la puerta para averiguar quién ha llegado y rezar por que ningún periodista quiera entrevistar a Nikki antes de empezar. Suena la música. El matrimonio Salgado se acerca a preguntarme cuándo tendrán el honor de conocer a la autora. Ya han reservado una obra suya en la preventa. Comienza a rodar el champán entre los invitados. Dentro de quince minutos, sus mentes estarán más abiertas a recibir con agrado cualquier sorpresa. Ya han llegado algunos periodistas. Está Augusto, crítico de arte de una conocida revista de sociedad que habla muy animado con la periodista nueva. María, creo que se llama. Me ve y se ajusta la pajarita.

—Querida Tania.

—Augusto.

—Bonita fiesta. No te preguntaré por la invitada porque ya ha llegado a mis oídos que preparas un *show*. ¿Qué tal va todo? Te veo genial, como siempre. Un pajarito me ha dicho que aquella chica tan guapa es amiga tuya.

La mirada sagaz de Augusto. Me giro para saber de quién me habla y veo con estupor que está señalando a Álex.

—No es tu tipo, Augusto.

—¿Por qué? ¿Es porque circula el rumor de que solo me gustan los hombres o porque la quieres para ti?

—Celebro tu imaginación.

—Ay, es que no sé... He visto cómo la mirabas y he pensado... Estas dos tienen algo.

—María, me comentó tu directora que querías entrevistar a Nikki. —Ignoro a Augusto porque da igual lo que le diga. Él ya se habrá formado una historia en su cabeza—. ¿Cuándo quieres hablar con ella?

—Mañana de buena mañana. Déjame disfrutar, por favor.

—Me pone una cara de súplica muy divertida. Los rizos le brotan de la cabeza como un espumillón. Me parece atractiva y tiene una voz dulce, impostada, como de radio—. Para una vez que me escapo del cierre...

Veo que el champán comienza a hacerle efecto. María desliza las vocales al hablar. Es una mujer menuda, de brazos finos y una melena de león que hace que te caiga simpática al momento.

—¿Dónde dices que trabajas?

—En muchos sitios. ¿No sabes cómo están los medios?

—¿Como el sector de la gestión cultural?

Sonríe. Tiene unos dientes bonitos, menudos como ella y alguno torcido que, junto con sus rizos desbocados, le dan un aire silvestre, como si hubiera llegado a la ciudad hace dos días.

—Te felicito por la fiesta. Supongo que llevabas mucho tiempo preparándolo todo. —Resisto el halago sin caer en la tentación de decirle que el evento ha estado a punto de naufragar—. Por cierto, ¿cómo encontraste a esa chica?

—¿Por qué? ¿Te interesa? —Me preocupo de darle el matiz necesario a mi voz para que ella entienda si le interesa «ella» y así averiguar de qué va.

—¿Nikki? O sea, la artista. A ver... —Bien. Ya sé lo que necesito saber—. Me parece mona, pero no quería decir eso... En realidad, quería que me contaras un poco cómo trabajas. Me parece curioso eso de encontrar... No sé... Pintores que no conoce nadie.

—Eso se merece una conversación a solas.

María mira el borde de su copa con una sonrisa en los labios. Luego, alza los ojos y con viveza responde:

—¡Cuando quieras!

Oigo que Marcela me llama. Me giro hacia la puerta y Nikki Kos aparece como una diosa con ojeras que delatan lo poco que ha dormido esta noche. Me abro camino hasta ella y agarro el cuello de su cazadora. Mientras se la retiro, le digo en inglés: «Sonríe, que vas a cantar». Me mira como si hubiera visto un fantasma. «*Strange Things Happening*», susurro en su oído.

Al vernos, los invitados se hacen a los lados y abren un pasillo hasta el rincón donde los músicos improvisan. El pianista de los pantalones con pinzas alza la cabeza y, sin mirar a los otros, marca el fin de la canción con una seña. Nikki ajusta el micrófono a su altura. La banda comienza a tocar. El tono va un poco forzado para ella, pero no importa. Los invitados pensarán que está nerviosa. Para cantar la segunda, alguien le ofrece una copa de champán. La coge con una dulzura que no le he visto desde que pisó Madrid. Ella canta una tercera, una cuarta y una quinta. Se le da mejor el escenario que la gente. Canta de una forma plástica y con errores, y eso despierta la simpatía del público. Los enamora. Los aplausos recorren la sala, también algún silbido de admiración. Es suficiente. Me acerco al escenario y digo unas palabras. Doy las gracias a todos por acoger de tan buen grado esta presentación distinta. «¿Cómo no vamos a aprovechar todos los talentos de Nikki?». Ella saca una nota del bolsillo de los vaqueros (la misma ropa que anoche). Los invitados vuelven a aplaudir. Creo que me voy a desmayar, pero en lugar de eso —*no bajes la guardia, Tania*—, descendemos del escenario. Una nube de invitados rodea a Nikki. Una copa de champán me daría un poco de aliento.

—Me marcho ya, tengo que recoger al niño —dice Álex, que se ha acercado a darme dos besos. Yo agarro su copa y me bebo la mitad que le queda de un trago. Ahora que puedo mirarla tranquila, noto que se ha cortado el pelo y se ha peinado para la ocasión. Tengo el impulso de enredar mis dedos entre sus cabellos, pero me contengo.

—Copas que se comparten. —Augusto repta como una serpiente en celo—. Soy Augusto, crítico de arte, ya que Tania no ha querido presentarnos... Por cierto, ¿vosotras dos de qué os conocéis?

No me agrada que Augusto husmee en mis asuntos, ni tampoco que piense que estoy con Álex, pero lo que peor me sentaría es que llegara a averiguar que he pedido ayuda a una agencia de *coaching* para solucionar mis problemas sentimentales. Álex se queda plantada a la espera de que yo tome la palabra. ¿Pero qué puedo decir?

—Bueno, tortolitas, ya veo que no estáis por la labor de contarme los detalles. ¿Se puede entrevistar a esa artista que ha llegado tarde y sin dormir a la presentación de su primera exposición?

¿Ves, Tania? Nunca debes bajar la guardia. Augusto se marcha en dirección a Nikki, Álex hacia la puerta. Me debato entre los dos. Al final, voy detrás de mi *coach*. La alcanzo en la calle.

—Álex.

Ella se da la vuelta mientras se pone la gabardina y deja que un taxi pase de largo continuando su camino calle abajo. Apenas he tenido tiempo de fijarme en ella en toda la noche. Además de cortarse el pelo, se ha maquillado un poco más de lo que suele hacerlo habitualmente. Todo en ella es delicado. Lleva un vestido color chocolate que queda suelto en las caderas y le sienta fenomenal. Volvería loco a cualquiera.

—No te preocupes por mí, Tania. Yo siempre vuelvo pronto a casa.

—No... —¿Por qué tiene que ser siempre tan correcta?—. Sí, me preocupo un poco por ti, Álex.

Con los tacones que ha elegido para venir, la cabeza de Álex queda casi a mi altura. Una mujer con un carro de la compra —¿de dónde habrá salido?— ocupa casi todo el espacio de la acera y obliga a Álex a acercarse a mí un poco más.

Me dejo envolver por la calidez de su perfume y disfruto del hecho de que ya no tiene nada de nuevo para mí.

—Me ha encantado venir esta noche, de verdad —susurra ella, y el ruido de un coche sobre los adoquines casi tapa su voz quebrada—. Te agradezco muchísimo que me invitaras. He entendido muchas cosas.

—¿Qué cosas?

—Pues... tu mundo. —Su móvil suena y lo agita frente a mis ojos—. Y el mío.

—Supongo que te has dado cuenta de que todo ha salido bien por los pelos.

Álex teclea rápidamente un mensaje en su teléfono. Después, me mira a los ojos, sostiene mi mirada y la desvía a la calle. Un grupo de gente que pasa cerca de nosotras la obliga a acercarse un poco más.

—Me ha encantado venir. Me ha encantado verte. Me ha encantado darme cuenta de que debo dejarte ser lo que eres y no tocar nada. Nada.

Me gustaría continuar esta conversación y saber qué quiere decir, pero no puedo dejar la galería bajo ningún concepto. Me ha costado demasiado conseguir lo que tengo.

—Tengo que volver adentro, Álex...

—Lo sé.

—¿Nos vemos en Corazones?

Un taxi nos ilumina desde el final de la calle. Ella se da la vuelta rápidamente dejando la pregunta en el aire. Antes de subir dejando a la vista unas medias que seguro que ha estrenado esta noche, me sonríe. Sus ojos verdes brillan de manera extraña.

Pega aquí tu foto de perfil perfecta

Algunos tips para una foto de perfil (de app de citas) infalible:

1. Crea ángulos: el codo en la cintura, la mano en la barbilla...
2. Mejor casual que sobreactuada: no te arregles para hacerte fotos (#nomakeup).
3. Aprovecha tus viajes para una foto original: en el hotel en albornoz, caminando al atardecer en una playa...
4. Sostén algo en las manos: da sensación de naturalidad y evita la incomodidad de no saber qué hacer con ellas.

el móvil, supongo

10

La semana siguiente a la inauguración fue muy intensa. La actuación de Nikki sorprendió tanto que conseguimos atraer a mucha más gente de lo habitual, lo cual no me apasiona. Ella es artista, no cantante. La estrella de la exposición es una obra extraña, diluida en muchas obras pequeñas que, desde un punto de vista comercial, es una apuesta segura. Se compone de cincuenta cuadros que muestran unos trazos verdes en el centro de la página. Están colgados en la última parte de la galería, a la que llega la luz natural de las ventanas que están en la zona posterior de la calle. Están colgados de las paredes formando una cuadrícula, como si fuera un bosque replantado. Lo ha bautizado como *Bula*. Por cada compra, Nikki se compromete a adquirir derechos de emisión de CO_2 a la atmósfera por el valor pagado por la pieza, de tal forma que esos derechos ya no podrán ser adquiridos por las empresas que contaminan. Lo llama de esta manera porque lo considera una forma de comprar el perdón por aquellas acciones que no dejamos de hacer a pesar de que sabemos que perjudican el medio ambiente: un viaje en avión, no reciclar, beber agua en botellas de plástico. Hemos vendido muchas de estas piezas, pero también otras que formaban parte de la muestra y que también hablan de contradicciones: el romanticismo y el consumo, la tecnología y el individualismo, una infancia cada vez más culta y unos adultos cada vez más infantiles... Son temas profundos que encajan con las propuestas de otros artistas que también trabajan conmigo. Mi previsión es que a partir de ahora las visitas se irán diluyendo y, ya con Nikki embarcada de vuelta a Liubliana, Marcela podrá hacerse cargo de Caleidoscopio durante un par de días. También se ha ofrecido a cuidar de Okif. Nuestra artista eslovena se está comportando como una guerrera. Está aprendiendo a ser más expresiva con la gente. Creo que ha pasado todas las noches en casa de Alonso desde el día de la inauguración y me da la sensación de que él la está instruyendo en las obligaciones del artista en materia de relaciones públicas. A los tres días me informó, muerta de vergüenza, de que había cancelado la habitación del hotel que le reservé. Le dije que no había ningún problema y me he ofrecido a recogerla en la casa de Alonso para ir juntas al aeropuerto. Necesito descansar y, aunque una despedida de soltera no es la mejor actividad para conseguirlo, el fin de semana lo pasaré en Salou con mis amigas.

Alonso vive en un chalé en un pueblo de la sierra de Madrid. Su casa tiene gotelé por fuera y un jardín mustio que jamás arreglará. Conozco bien su pose dramática. Al llegar, salgo del taxi y me acerco a la puerta. Llamo al timbre. Sale él, vestido solo con unos vaqueros. Lleva las greñas morenas revueltas; los mechones de la barba, retorcidos. Me invita a entrar y le digo que el taxi está esperando. Vuelve por el tabaco y un mechero, y se enciende un cigarrillo.

—¿Estás enfadada?

—En absoluto. Te pedí que cuidaras de Nikki y ella parece encantada.

Sonríe y aspira una calada. No dice mucho más. A los dos nos resulta más fácil hablar de trabajo. Me pregunta cómo han ido las ventas de Nikki y aprovecha para informarme de que su próxima colección está casi lista. Le digo que son buenas noticias. Nos quedamos sin tema de conversación a los pocos minutos.

—¿Estás saliendo con alguien?

—¿Por qué lo dices? —le pregunto.

—No sé. Un brillo en tus ojos. Después de dejar a Nikki en las cercanías de su puerta de embarque, me dirijo a la mía atravesando los arcos de bambú del aeropuerto de Barajas. Espero que a ninguna de mis amigas se le haya ocurrido preparar camisetas, disfraces o cualquier horterada semejante a un uniforme para pasar las fiestas en la peña del pueblo. Me equivoco. Las veo a distancia con collares hawaianos y sombreros panameños. La novia se llama Sonia y es una amiga de la facultad con la que he perdido y retomado la relación varias veces. Su novio se llama Osvaldo, un futbolista retirado aficionado a la poesía y al que todavía no conozco en persona (obvié una invitación a una lectura de poemas en el piso que comparten los dos). En la fila para subir al avión esperan también Nerea y Carla, junto con dos amigas del trabajo de Sonia. Una de ellas me hace entrega de mi camiseta y, como una buena chica, me dejo llevar (maldita Álex). Me la pongo. A nuestra edad parecemos madres animadoras que van al estadio los domingos a ver a sus niñas jugar al fútbol. Hablan de sus trabajos. Sonia colabora con una empresa de eventos. Es la responsable del área de moda. Nerea trabaja en una escuela para niños con autismo y Carla prepara unas oposiciones para policía. A las mujeres que no conozco les digo que tengo un negocio propio. No les doy detalles. Me gustaría desconectar un poco durante el fin de semana.

La tarde del viernes se nos pasa volando entre acomodarnos en el hotel, salir a cenar y tomar unas copas. Al llegar al reservado de la sala de fiesta, Carla y Nerea se ponen a morrearse en una esquina del sofá con una fogosidad que solo puede ser efecto de las ocho botellas de vino que hemos compartido durante la cena. Luces de neón y bolas de cristal. Qué poco ha cambiado la noche desde los noventa. Sonia nos deja para llamar a Osvaldo. Las otras también llaman a sus parejas. Nos retiramos al poco de que las tres vuelvan, dejando una botella de ginebra a medias. Estragos de la edad. Comparto habitación con una amiga de Sonia. Deduzco por sus palabras que llevaban varias semanas preparando la despedida. Me cuenta que ella se casará en breve, el año que viene (¿en breve?) y que le gustaría que su despedida de soltera fuera en Lisboa. Detecto el patrón. Me siento fuera de juego, una oveja descarriada.

Dedicamos el sábado a una excursión en barco por las cercanías de la costa. Cuando nos separamos de la orilla y brindamos una vez más por la novia, me alejo del grupo. Camino por el costado de la embarcación hasta la proa y apoyo los brazos sobre la baranda. Las gotas de agua que desprende el velero al romper contra las olas me salpican las piernas y la cara. Aspiro tan fuerte que me da miedo absorber todo el azul del mar. Qué falta me hacía esto... Álex, Dan, Nikki, Alonso... Llevo semanas viviendo a mil revoluciones y ¿qué he conseguido? Hasta ahora mi paso por Corazones se resume en que estoy tan sola como antes o quizá más.

Nerea se acerca para apuntarme a la cara con una linterna a plena luz del día. Quiere saber cómo me va en Corazones y le confieso que en los últimos días no he podido dedicarle mucha atención a mi vida amorosa.

—¿Sigues con tus dudas? —dice Nerea mientras se arregla un pareo con salamandras verdes estampadas.

—Hasta ahora hemos visto mucha teoría.

—Jo, es que se me ocurren tantos chistes.

—No te rías. Me cuesta mucho tomármela en serio y a cada minuto le tiro dardos sarcásticos.

—¿A quién?

—A Álex.

—¿Pero es profe o *profa*? —Carla se acerca siempre que nota que una conversación se pone interesante—. Yo creía que habías cerrado ese capítulo. —Me da una palmada en el culo y un pico a Nerea. Le pongo los ojos en blanco.

—Es una chica... Bueno, una mujer.

—Buf. Sí que te la estás tomando en serio —dice Carla.

—No seas boba. No van por ahí los tiros...

—Madre mía. Te mola. —Nerea me conoce mejor que yo misma.

—¡No seas tonta! Sabe llevarme y eso, vosotras lo sabéis, no es fácil. Además, no es mi profe —siento vergüenza, pero lo digo—: es mi *coach*.

—¿Tu qué? —Las dos se retuercen entre risas, en parte por el efecto de los *gin-tonics* que hemos tomado después del almuerzo. Se tiran un buen rato agarrándome del cuello, dándome besos y tirándome de la coleta mientras no dejan de repetir la palabra. Yo ya me he acostumbrado a llamarla así.

—Por favor, por favor...

—Uy, uy, uy...

—¿Qué?

—Esos hoyuelos.

—Nerea, eres imbécil.

—Te gusta tu *coach*.

—Ya no os cuento nada más.

—¡Noooooooo!

Les hago una señal con el dedo sobre los labios para que no griten tanto. No quiero que nos oigan las demás. De todas formas, no parece que haya mucho riesgo de que se nos unan. Sonia lleva tres cuartos de hora hablando por teléfono en la popa del barco con Osvaldo, mientras que sus compañeras de trabajo la miran con cara de circunstancias.

Cuando consigo que Nerea y Carla se calmen y cambien de tema, me doy cuenta de algo. Es la tercera vez en los últimos quince días que alguien me echa en cara que hay algo más entre Álex y yo. Puede que yo misma haya estado esquivando el tema desde que tuvimos nuestra cita falsa en las oficinas de Corazones. ¿Me gusta Álex? Lo cierto es que no tengo nada malo que decir de ella. Es educada, responsable, comprometida... Sin embargo, creo que es demasiado conservadora para mí y algunas veces pienso que no respe-

117

ta cómo me siento respecto a otras mujeres. Para algunas personas sería muy conveniente que me gustara Álex. Estoy segura de que tener una relación estable con una mujer atractiva, con una carrera sólida y con una trayectoria laboral interesante me acercaría a mis padres. Aunque tampoco los echo de menos. Sería un buen punto final. No veo a Álex como una persona que cambie de pareja cada dos por tres. Ay, no me creo que en este momento me esté preguntando si le gusto a Álex. ¿Y cómo podría gustarle? Me ha dejado claro que es hetero, ¿o no?

—¿Qué le pasa a Sonia? —pregunta Nerea—. ¿Está llorando?

—Yo qué sé. Estaba hablando con el novio —responde Carla.

—Os voy a decir una cosa. No me he vuelto loca de repente. Es cierto que no he tenido suerte con mis últimas relaciones y empiezo a entender que está bien pedir ayuda. Estoy aprendiendo cosas sobre mí, pero esto no deja de ser otra forma de abordar los problemas. Para la mayor parte de la gente, un *coach* es como un amigo que te aconseja cuando las cosas se ponen feas.

—¿No te valemos nosotras? —Carla es la reina del género broma sincera.

—¡Déjala! —replica Nerea—. Hace bien.

—Ah, que tú ya lo sabías. Típico de vosotras, estos secretitos. —Bebe otro trago de su copa.

—No le hagas caso. —Nerea media y pone su mano en la boca de Carla—. Venga, cuéntanos más.

—Pues hemos hecho hasta ahora un taller de mensajes y una cita ficticia, todo para representar intercambios reales. Lo que dice es que debo correr menos y me parece que estoy empezando a entender la imagen que doy a otras mujeres cuando hago según qué cosas.

—¿Y cómo te muestras?

—Inexpugnable —Carla responde antes de que tenga tiempo de decir nada.

—¡Carla, vas borracha! —grita Nerea, y su novia levanta la mano como diciendo «sí, ¿y qué?».

Les cuento que la semana que viene empieza la parte crítica. Se supone que ya debo ir teniendo citas reales y, después de cada una, tengo que llamar a Álex y comentarle cómo me ha ido. Lo que dicen en la agencia es que, cuando no estás comprometido con nadie, no debes centrarte en una sola persona para no obsesionarte con ella y dejar que las cosas fluyan. Que la mayor parte de las mujeres tendemos a ser muy intensas al inicio, mientras que forjar una relación de confianza lleva tiempo. Las cosas importantes pasan a partir de los tres meses.

La primera persona con la que voy a tener una cita es María. Es la periodista que vino a la galería la noche de la inauguración. Cuando todo el mundo se había marchado, se me acercó y me propuso que quedáramos un día al margen del trabajo. María me gusta. Se nota a la legua que trabaja demasiado y que no desperdicia las ocasiones que le da su profesión para salir a la calle, relacionarse con la gente, hacer preguntas... Al hablar conmigo, se entretuvo al preguntarme cosas sobre uno de los lugares más peregrinos donde he vivido: Tallin. Me dejé interrogar hasta que resultó casi engorroso. Su curiosidad me pareció muy dulce. Me miraba como una ratona recién salida de un rincón de la biblioteca. Tuve que dejarla porque tenía que atender a los invitados, pero quedé con ella en resolver todas sus preguntas con un café el día que le apeteciera. Aún no he pensado con quién tendré la segunda cita.

Las chicas me escuchan divertidas, emocionadas por mis progresos. De repente, una de las amigas del trabajo de Sonia se acerca a nosotras desde el otro lado del barco. Ella está llorando a lágrima viva al lado del capitán, que la consuela mientras comienza a maniobrar con el timón. Nos dice que Osvaldo la ha llamado para decirle que le ha puesto los cuernos en su despedida. No hay boda. Esa misma tarde volvemos a Madrid en tren. A la llegada a la estación, Carla y Nerea se van juntas. A las compañeras de trabajo de Sonia las recogen sus respectivos novios. Yo comparto un taxi con mi amiga. No sé qué decirle para consolarla. De repente, ella me pregunta por la galería. Le hablo sobre Nikki y la inauguración del otro día y nos pasamos todo el camino hablando de arte. Las farolas de Madrid desprenden destellos de los ojos de Sonia cada vez que iluminan su cara.

Al llegar a casa y sentarme a descansar con Okif, le escribo un mensaje a Álex sobre la cita que tendré con María.

T: (emoticono de paloma + emoticono de olivo)
Á: No termino de acostumbrarme a tu estilo de comunicación.
T: Noticias frescas: he tenido una cita.
Á: ¡Genial! Cuéntame. ¿Con quién?
T: Con una periodista que estuvo en la galería el día de la presentación. María. ¿Te acuerdas de ella?
Á: No, ¡pero da igual! ¿Cómo fue?
T: Bueno. Bien. Tomamos un café.
Á: Vale.
T: En un café del centro.
Á: ¿No me cuentas nada más?
T: No hubo nada sexual, si es lo que quieres saber.
Á: (emoticono de enfado)
T: Es que sabía que ibas a acabar preguntándolo.
Á: La discreción no es tu punto fuerte...
T: ¿Te acabas de dar cuenta?
Á: (risas)
T: (risas)
Á: Bueno, ¿y qué más?
T: No sé muy bien, esto... mejor hazme preguntas.
Á: ¿Cómo es María?
T: (pulgar hacia arriba)
Á: Tania...
T: Era una broma...
Á: Menos mal.
T: Es una tía interesante. A ver... Supongo que tendré que explicarle cuál es la diferencia entre Manet y Monet, pero no es tonta.
Á: Y todavía no me has contado a mí la diferencia, por cierto...
T: No quiero matar el misterio entre nosotras (risas)
Á: (risas) Sigue, que te he cortado.
T: Tiene inquietudes. Le importa su trabajo. Ha viajado. Quiere viajar más. Entre sus planes cercanos no está el dúplex en Rivas con piscina, dos hijos, niño y niña, vacaciones en...
Á: Marina d'Or.
T: Jeje... ¡Buenos reflejos!
Á: Quiero saber cómo te fue. ¿Cómo te sentiste?
T: Bien, extrañamente bien... Quiero verla de nuevo.

11

Algo me dice que me estoy aproximando a una de las citas más surrealistas de mi vida. No es la primera vez que quedamos. Hemos salido a tomar unas cañas y a cenar algún día. Hemos quedado en Tribunal, en la salida de la calle Barceló. María es una caja de sorpresas y todavía no he tenido tiempo de pensar si todas son agradables. Le apasiona la literatura y puede estar horas hablando de los subgéneros de la ciencia ficción. Muchos me resultan peregrinos —no se lo digo para no matar su ilusión—, mientras que a ella le «vuelan la cabeza». A veces me siento demasiado tradicional a su lado. He seguido los consejos de Álex, con la que apenas he intercambiado un par de mensajes en los últimos días, y me he dejado llevar. He permitido que sea ella quien proponga planes y estoy evitando ir demasiado rápido. Tenemos química, pero dudo mucho que hoy terminemos en la cama. Respecto a Álex, no sé qué pensar. ¿Está molesta? ¿Fue algo que dije en la inauguración? Tal vez le debo una disculpa por no haberle aclarado a Augusto que ella y yo solo tenemos una relación profesional. Tampoco era para tanto: «Álex trabaja en una agencia de *coaching* sentimental». Supongo que me avergüenza reconocer que mi vida amorosa es un fracaso. No me gusta que Álex piense que no valoro lo que está haciendo por mí. Tengo que llamarla después de la cita con María y quizá le diga algo. La he notado fría conmigo últimamente.

—¡Hola, Tania!

María libra los jueves y los viernes. Trabaja en la edición del fin de semana. De lunes a miércoles cubre temas culturales. Los sábados y domingos hace de chica para todo: desde manifestaciones a asuntos de tribunales. Le encantaría dedicarse a descubrir grandes estafas, casos de corrupción... Pero para eso le haría falta el tiempo que no tiene. «Vaya vida: trabajo los festivos y cobro una miseria». Se queja, pero luego dice que tampoco es tan grave. «En Madrid los mejores planes son *underground*», me cuenta, «entre semana los conciertos están menos concurridos, en los restaurantes te atienden mejor y se escuchan los mejores recitales de poesía». Me encanta cuando me habla de Madrid como si yo no fuera de la ciudad, y creo que eso es lo que está sucediendo, que estoy descubriendo a través de su mirada una ciudad con mil maravillas escondidas. Hoy todo en ella dice que está de vacaciones: cómo le flota el pelo rizado, su entonación al hablar... Más que caminar, vuela. Lleva un vestido que deja a la vista sus piernas de espantapájaros y unas deportivas de color rojo. Se ha pintado los labios también de ese color. No parece que quiera seducirme, sino que desea divertirse conmigo. Bajamos por la calle San Vicente Ferrer hasta llegar a una cafetería. María empuja la pesada puerta de hierro y cristal. Los sillones están forrados de terciopelo rojo y las sillas pintadas de blanco. Los techos, decorados con escayola labrada, apuntan los rastros de la bohemia madrileña. He estado en este café bastantes veces, pero a esta hora de la tarde se respira un ambiente distinto. Las mesas han sido agrupadas para formar grandes tableros. A la entrada un chico cobra un tique de precio simbólico (lleva asociada una consumición). Dos señoras que están delante de nosotras preguntan indignadas: «Entonces, ¿no se puede tomar un café?». El chico que cobra la entrada les dice: «Si van a jugar, sí. ¡Anímense! No hace falta nivel». Las dos tuercen el gesto como si les hubiera propuesto participar en una orgía con universitarios. Se marchan. La mitad de las mesas ya están ocupadas. Las únicas personas de mi edad llevan camisetas negras, perillas carentes del menor sentido estético y pantalones parduzcos con bolsillos en las perneras. Alguien ha avisado al batallón de los programadores. Repaso en mi cabeza los dibujos animados que veía cuando era pequeña. Será de los pocos temas de conversación que podamos compartir.

—¿Qué te parece?

—Estoy intrigada.

—Tranquila, es fácil. Se trata de probar juegos nuevos y casi nadie conoce las instrucciones hasta que comienza la partida.

—Intentaré no dejarte en mal lugar.

Nos sentamos en la mesa que está más alejada de la barra, la única en la que quedan dos huecos libres. El chico que cobra los tiques se pasa por cada uno de los tableros verificando que al menos un jugador conoce las instrucciones. Si es la primera vez para todos, es él quien las explica. Nuestro primer juego va sobre las guerras púnicas. Dos jugadores toman el rol de Cartago y, los otros dos, el de Roma. Juegan con nosotras dos chicos de Moratalaz, compañeros de instituto, uno con el pelo largo y el otro con la cabeza rapada. María no quiere ir conmigo. «Así es más divertido», comenta. Intuyo que no quiere hacer pareja con una novata. Yo voy con el chico del pelo largo. La primera mitad de la partida nos mantienen contra las cuerdas. Entonces, mi compañero sospecha que la estrategia más efectiva es comprar cartas hasta que los soldados vayan armados hasta los dientes. En los treinta minutos siguientes los barremos del tablero y lo celebramos chocando los puños como dos cantantes de hiphop.

—¿Y ahora?

—Pues se cambia de mesa.

—¿Cuál te apetece?

—Elige tú la que quieras —lo dice sin mirarme a los ojos—. Voy a pedirme un café.

Glups. Creo que a María no le gusta perder y la entiendo. A mí tampoco. Me pregunto si debería acercarme con ella a la barra y pedirle que no se enfade por una tontería. Sin embargo, cuando algo no ha salido como quiero, lo que a mí me funciona es quedarme sola, así que la dejo estar. Busco una mesa con un sitio disponible y descubro cerca de mí a una chica sentada frente a un tablero para dos jugadores.

—¿Qué tal? Me llamo Amanda.

—Encantada. Soy Tania.

—¿Quieres jugar?

—Te advierto que soy novata. Es la primera vez que vengo.

Ella ha estado aquí más veces. Es un juego de justas. Hay caballeros medievales de dos familias distintas que se distinguen por sus escudos heráldicos. Nos leemos las normas, el chico de la puerta anda entretenido con el final de una partida, y desplegamos las fichas en el tablero. Las repasamos otra vez e intentamos jugar una partida de prueba. No nos sale, pero el resto de las mesas están ocupadas. Hablamos de nuestras vidas mientras esperamos que otros sitios se queden libres. Ella vive cerca de allí, en la calle Ballesta. Tiene veintiocho años, estudió Biología y trabaja en una tienda de moda. Cuando le digo que me dedico al arte dice que no entiende mucho, pero que le gustaría saber más. Me comenta que a veces Madrid le parece una ciudad hostil y que le encantaría vivir junto al mar. Le digo que la entiendo y hablo del paseo en barco en Salou. Poco después, dos mesas de cuatro jugadores se vacían casi al mismo tiempo. Nos levantamos para mezclarnos con los demás.

—¿Te gustaría que quedáramos otro día para tomar algo?

—Estoy con alguien —le digo.

Sin prestar atención a mis palabras, apunta su número de teléfono en una nota y la deja encima de la mesa. Me pregunto si María está mirándonos. Si me doy la vuelta en este momento para comprobarlo, ella pensará lo que no es. Si lo cojo, puedo decir que es una diseñadora gráfica o una ilustradora que quiere enseñarme sus trabajos. ¿En serio me estoy haciendo estas preguntas? ¿No debería pensar solo en si es una chica maja y quiero verla otra vez? Agarro el papel y, cuando me levanto, veo que María está de espaldas a mí. Exhalo todo el aire que tengo en los pulmones y me dirijo hacia otra mesa. Jugamos dos partidas más, pero, una vez ganada mi guerra púnica, he perdido el interés. En el último juego, cuando María y yo coincidimos de nuevo en el mismo tablero, me dejo vencer. De hecho, me paso el tiempo que dura la partida pensando en qué voy a decirle a Álex después de esta cita.

No tengo la sensación de haber quedado con María. Cuando terminamos de jugar, me pregunta si voy al metro. Le digo que tengo el coche en el *parking*, pero me gustaría acompañarla. Me pregunta qué me ha parecido. Decido ser sincera y decirle que me hubiera gustado hablar más con ella. «Eso tiene remedio». Nos desviamos a la plaza de San Ildefonso, nos sentamos en un banco que nunca suele estar vacío, menos en una tarde de junio, y hablamos de sus reportajes, de los lugares donde hemos vivido, de las parejas que no hemos olvidado, de sus jefes, de mis artistas. Pasa cerca de una hora. Me toma de la mano y me pregunto si alguien nos estará mirando. La siento tan cerca que huelo el aroma de su pelo. No creo que lleve perfume, simplemente se ha lavado la cabeza antes de venir. Sus ojos de ratona persiguen el vuelo de las golondrinas de la plaza.

—Oye, María, ¿cuándo descubriste que eras lesbiana?

—No lo descubrí. Siempre lo supe.

Comprendo que María no ha tenido que enfrentarse nunca a una disyuntiva. Me habla de los bares a los que suele ir, lugares de ambiente, y le pregunto las señas. Se sorprende de que yo no los conozca. También me cuenta que pasó por una época activista, que se metió en política y que los egos de sus compañeros la fueron empujando cada vez más al margen. Se ofrece a presentarme a otras mujeres bisexuales. Le digo que no estoy interesada. María no suele salir con una persona nada más. Me lo cuenta sin justificarse. Dice que nunca le ha nacido de dentro estar con una sola mujer, querer saberlo todo de ella, querer que le lave los calcetines. O se los pierda.

Nos reímos.

Por un momento imagino que lo que tiene atascado mi lavadora podría ser un calcetín. Me pregunto si ese calcetín podría ser algún día uno de María. Y me gusta pensarlo. Hablamos de cómo nos vemos en el futuro. Ella quiere viajar. «Ojalá me den una plaza de corresponsal muy lejos de Madrid», dice. La veo mirar los cables de la luz y observo cómo durante unos breves segundos se marcha de mi lado. Nos levantamos. La acompaño hasta el metro. La abrazo. Su cabello rizado se queda a la altura de mi hombro y su cara se esconde en mi cuello. Noto sus labios contra él y deseo con todas mis fuerzas que se queden ahí un rato más. Deslizo las manos por su espalda y la sujeto casi sin tocarla para evitar que se marche. Si pudiera, la desnudaría. Quedamos en vernos más adelante esta semana. Al emprender el camino al *parking*, pienso que es una pena que quiera irse. Su abrazo es un lugar donde quedarse siempre. Al llegar a casa, llamo a Álex para contarle mis progresos, cómo he conseguido reconducir el enfado de María, cómo me ha tocado la charla con ella, su sensibilidad. Ella dice que voy por buen camino y me pregunta si tengo otras citas en el calendario («ya sabes, el anillo de candidatas»). Entonces, recuerdo que en el bolsillo del pantalón tengo el teléfono de Amanda. Lo saco, lo arrugo con los dedos y lo tiro a la basura. Le digo que no tengo a nadie más. Época de sequía.

—Oye, Álex.

—¿Qué?

—Quería disculparme por Augusto, el bocazas de la fiesta, el que quería saber de qué nos conocíamos... En fin, la verdad es que no estaba preparada para responder a preguntas sobre Corazones.

—No te preocupes, Tania. Es cosa tuya cómo gestionas tu vida.

—Ya lo sé. —Retengo el aire en el pecho—. Solo que debí aclararle que tú y yo no tenemos una relación... amorosa.

Álex se queda callada un momento. Oigo su respiración al otro lado del teléfono.

—Supongo que estás tan cotizada que vieron cosas donde no las hay.

Le digo a Álex que estoy empezando a sentirme insegura con el calendario. Nunca he esperado tanto para acostarme con alguien y me da miedo que la relación con María se enfríe. Me responde que ella tampoco sabe cuál es el momento adecuado, que debo valorarlo yo. «Lo que sí debes saber es qué visión tiene ella sobre una vida en pareja y eso no se cuenta con sinceridad en las primeras citas». Le digo entonces que a María le gustaría ser corresponsal en el extranjero y, casi sin dejarme hablar, pregunta: «¿Sola?». No lo sé. Álex opina que existe un viaje al compromiso que es distinto para cada persona. «No inviertas toda tu energía en esta relación hasta que no estés segura de que vuestro futuro es compatible».

—Te has quedado callada —termina, y noto la impaciencia en su voz.

—No estoy segura de que esto sea para mí. Es como si hubiera que completar una tarea y desconociera los pasos para hacerlo. Parece un conjuro.

—Todos desconocemos los pasos. Y, si fuera magia, te aseguro que yo sería la primera en usarla para enamorar a la persona que me interesa.

Cuelga. Me deja pensando. ¿Quién le interesa?

Checklist: ¿Es tu alma gemela?

		SÍ	NO
I	Tenéis más de un proyecto en común	☑	☐
2	~~Le~~ La echas de menos a cada instante	☑	☐
3	Piensas y actúas como si fuera a estar contigo todos los días de tu vida	☑	☐
4	Conoces la fecha de su cumpleaños y sabes cómo lo vais a celebrar ~~juntos~~ juntas .	☑	☐
5	Eres mejor persona con ~~él~~ ella	☑	☐
6	Sabes qué regalarle	☑	☐
7	Conoces a sus amigos y pasas tiempo con ellos	☑	☐
8	La llama que sientes cuando estás con ~~él~~ ella!! no se apaga nunca	☑	☐

Escribe el nombre de la persona amada: ~~N~~

12

Cada galerista tiene sus propias rutinas. A mí lo que me gusta es observar primero la técnica y echar un vistazo al currículum del creador: los lugares donde ha expuesto, sus estudios, los otros artistas con los que colabora y las corrientes en las que se siente cómodo. Después, visito su estudio y hablo con él. En su discurso hay muchos elementos para considerarlo o descartarlo. Al final, vuelvo a mirar la obra y analizo si aporta novedades respecto a los temas que vengo trabajando en la galería. Intento adivinar si el corazón del espectador que acuda a Caleidoscopio sentirá alguna emoción.

Me he dado cuenta de que Nikki provoca cosas. La gente que viene a ver sus obras se queda en el sitio observándola, y se les ve distintos cuando salen por la puerta. Una galerista vive por y para estos momentos: descubrir un autor y ofrecer un camino para que su obra llegue al público, uno de tantos, porque si el artista es bueno, vendrán otros galeristas e instituciones para convencerle de que trabaje con ellos. He quedado con Nikki para hablar dentro de un rato. Desde que se marchó, nos ponemos en contacto todas las semanas. Siempre tengo buenas noticias para darle: notas que me han dejado los visitantes, nuevas ventas... A pesar de que todo fue muy improvisado, me gustaría que esta exposición fuera el punto de partida de un camino que recorrer juntas.

A la entrada de la galería, como escondido, cerca de la puerta, tengo un pequeño cubículo que me hace las veces de oficina. Desde allí no veo la puerta de entrada, pero sí puedo escuchar los pasos de los visitantes. No hay nada más triste que un negocio vacío. Finjo que arreglo facturas, que estudio catálogos de ferias, que gestiono una entrega... Pero en el fondo solo estoy dejando que el siseo de los pies contra el suelo encerado me haga sentir que mi esfuerzo sirve para algo. En una galería siempre se producen sorpresas, como hoy, en la que he notado que alguien esperaba parado cerca de mi escritorio y, al darme la vuelta, la he visto a ella. Lleva puesto un vestido estampado con flores azules, verdes y amarillas, vaporoso y largo hasta los pies. Parece recién llegada de una playa de Brasil o el Caribe. Tiene la piel tostada. En Madrid todavía nos estamos despertando del invierno. La calidez de su rostro contrasta con la palidez azul de sus ojos. Las pequeñas arrugas de las comisuras delatan que hace mucho tiempo que nos despedimos en Amberes.

—¿No vas a decir nada?

Su voz brilla como el metal de las campanas. Está emocionada. Ahora que la veo me doy cuenta de que he soñado con ese momento demasiadas veces: qué llevaría puesto, qué me diría, qué pensaría sobre la galería... Es curioso porque siempre echo pestes de los cuentos de hadas y princesas. Y, sin embargo, ha aparecido tal y como esperaba, sin un aviso, sin una explicación y, estoy casi segura, sin una causa.

—Estás preciosa, Nina.

Me levanto de la silla. Ha venido con una maleta de cuarenta kilos, varias bolsas, un ordenador... No es un equipaje de fin de semana. Ni siquiera para quince días. Nina siempre fue puro efectismo. Pero sé que no debo invitarla a casa. Rechazaría la invitación. Diría que ya ha reservado una habitación en un hotel o que se queda con un amigo.

—Tú también estás muy guapa —sonríe de medio lado, tiene los ojos cansados—, pero escuálida. ¿Es que no comes?

Me muero de ganas de decirle que con ella solo comía para darle el gusto, para decirle que estaba riquísimo y que ella me besara en la boca. Pero me callo. Nina vuela siempre con el fuselaje a punto de desprenderse. Cualquier cosa que diga nos hará caer a las dos.

—Me alegro mucho de verte, pero me pillas en mal momento. Debo hacer una llamada importante en cinco minutos. —Suavizo un poco mi respuesta—. Me encanta que hayas venido. Tenemos mucho de qué hablar.

—No te preocupes. Estaba yendo a casa de un amigo, pero vi que Caleidoscopio estaba de paso y decidí probar a ver si estabas. —Se retira el pelo para colocárselo en la espalda y veo que lo lleva muy largo, hasta la cintura—. Es cierto, tenemos mucho de que hablar.

—¿Qué harás al mediodía? ¿Te apetece comer?

—Bueno, acabo de llegar y tengo el horario cambiado... Pero, sí, es buena idea comer algo.

—¿Sigues teniendo el mismo número?

—Así es.

—Reservaré mesa por aquí cerca. Te escribo luego.

Se queda mirando, a la espera. «No me has preguntado ni de dónde vengo», susurra. Me levanto con cuidado de que no se note que estoy temblando. La abrazo y dejo que su cabeza se apoye en mi mejilla. La sostengo en mis brazos más tiempo del que dura cualquier tipo de cortesía.

Cuando se marcha sin volver la mirada atrás, peleando con la puerta para sacar su maleta gigante, me siento otra vez en mi rincón. El corazón me bombea rápido. Siento que mi piel la acarician pétalos de flores colosales. ¿Así que esto era lo que sentía estando con Nina? Ha sido tenerla en mis brazos y recordarla tendida sobre el sofá, siempre descalza. Ella decía que en mi piso hacía mucho frío y llevaba razón, pero nunca se quitó la costumbre de ir sin zapatos.

He recordado la primera vez que nos besamos, después de recorrer Amberes bajo la lluvia buscando un vino español para la cena porque alguien le había traído *calçots* y eso no se podía tomar con cualquier vino, y encontramos una botella del Penedés, y era malísima, y nos la acabamos entera, y nos besamos cuando la terminamos.

He reservado mesa en un restaurante italiano. He venido algunas veces. Apenas tiene ocho mesas cubiertas por manteles de cuadros verdes y tres de ellas están separadas del resto del comedor por una baranda. El camarero me sienta en una de esas mesas, de espaldas a la puerta. Cuando aterrizo después de un viaje largo, me gusta comer algo caliente, algo que me reconforte. Supongo que a Nina le pasará lo mismo. Ella adora la pasta. Le dejé el mensaje hace cuarenta y cinco minutos y me respondió con un pulgar hacia arriba. Se retrasará. Siempre lo hace.

Para esperarla, he pedido una copa de *chianti*. Lo lamento cuando lo pruebo. La botella ha estado abierta durante días. María me ha dejado un mensaje en el móvil. Lo hace de tanto en tanto, aunque solo le respondo a veces. No suelo molestarla demasiado durante el día. Procuro seguir los consejos de Álex. Si veo que pasa mucho tiempo sin saber nada de ella, entiendo que está trabajando. Y suele ser cierto. Me encanta seguir ese rastro de migas de pan que deja su actividad como periodista. De una entrevista se marcha a una conferencia de prensa, de la apertura de una muestra va a la redacción... Es como un pajarillo que no deja de sobrevolar la ciudad parándose en balcones aleatorios.

Siento que voy por el buen camino, aunque sigo dudando respecto a la forma que tiene ella de vivir sus relaciones. Temo que no quiera comprometerse. Creo que esas inseguridades se las debo en parte a Álex. Antes no sufría por estas cosas. Entiendo que ella quiere que me deje llevar y permita que la vida de María entre en la mía poco a poco. Pero eso da mucho miedo. Debería contárselo. Tendría que decirle que

Nina está aquí y que vamos a vernos. Al fin y al cabo, esto es casi una cita, aunque ella sigue sin llegar.

—¿Qué tal, Tania?

—Bien. Quería contarte algo. Tengo una cita.

—¿Más citas? Bien. —Pero por el tono en que lo dice suena a todo lo contrario—. Te vendrá fenomenal no poner toda tu atención en María. ¿Cómo se llama?

Me habla como *coach*, como una profesional, como un dentista que te recuerda que debes cepillarte después de cada comida. Es decir, la noto, como estos últimos días, fría.

—La primera vez que nos encontramos en Corazones hablamos sobre las parejas que había tenido y te comenté que en Amberes estuve saliendo con una compañera del museo, Nina. ¿Lo recuerdas?

Oigo que la puerta del restaurante se abre. Me asomo un poco para comprobar que no es Nina y sigo hablando por teléfono. Del otro lado, Álex hace una pausa.

—Siempre he pensado que tu decisión de salir solo con mujeres tiene que ver con lo que sentiste estando con ella —dice con voz solemne—. ¿Se ha puesto en contacto contigo?

—Ha venido a Madrid. He quedado a comer con ella.

—¿Dónde estás? —Su voz suena crispada.

—En el restaurante.

—Pero... ¿Ella está allí?

—Aún no ha llegado.

—Tania, ella no va a cambiar.

Me quedo callada un momento. Tengo ganas de decirle que yo no quiero que cambie, que me gusta así, tal cual es. Pero sé que Álex no se refiere a su personalidad, sino al modo en que me trata. Me quedo callada esperando a que me eche un sermón. Pero no lo hace.

—Vete.

—¿Cómo voy a hacer eso?

—Tania, vete. Ella nunca va a ser tu pareja. Se quedará unos meses jugando a que sois amantes unas veces; otras, solo amigas. —Me habla demasiado nerviosa—. Solo jugará contigo y después se marchará.

—No puedes decirme eso.

—Si no te gusta, puedes pedir que te asignen otra *coach*.

¿Qué? ¿Álex me está amenazando? He colgado. ¡Le he colgado a Álex! Mi copa de vino está vacía, al igual que el asiento de enfrente. Se ha pasado de la raya. No puede decirme lo que tengo que hacer, solo debe aconsejarme. Miro el móvil y tengo una docena de mensajes de María diciendo que tiene entradas para el preestreno de una película esta noche. No me siento de humor. Intento coger la copa de nuevo y la empujo con los dedos. Se cae, pero no se rompe. Menos mal que estaba vacía. El camarero se acerca para ofrecerme otra. Dos copas con el estómago vacío es algo que puedo soportar sin problemas, pero le pido la cuenta. Pasa que ya no quiero comer con Nina: ha transcurrido más de media hora y estoy enfadada. ¿Qué le pasa a Álex? No creo que sea la primera vez que tiene un cliente difícil y que siga sus pautas solo a medias. ¿Me ha dicho que no quiere seguir trabajando conmigo? En parte lleva razón, Nina jamás invertiría en mí el tiempo ni las atenciones que me dedica María. ¡Demonios! Ni siquiera sé por qué ha venido. ¿Por qué he organizado una comida con ella? Cuando el camarero vuelve con el papel en un plato, le digo que mi acompañante ha tenido un problema y que tenemos que cancelar el almuerzo. Me dice que no me preocupe, que esas cosas ocurren todo el tiempo. Y yo me pregunto si será verdad, si a muchas personas les ocurre que el amor de su vida las deja plantadas después de ocho años sin verse.

Checklist: Elige según tu criterio

	AMISTAD	AMOR
1 Piensas en ~~besarle~~ _besarla_ _continuamente..._	☐	☑
2 Si vienen otros amigos, el plan no te apetece tanto	☐	☑
3 Te hace gracia que los demás piensen que estáis ~~juntos~~ _juntas!_ _(excepto Augusto)_	☑	☐
4 Le quitas una mancha de la cara o de la camisa sin ponerte nerviosa	☑	☐
5 Te enfadas si te cancela la cita en el último momento	☑	☑
6 Si no tienes tiempo de arreglarte, acudes a vuestra cita en deportivas _¡clasistas!_	☐	☐

7 Te duele más de lo que imaginabas que te amenace con dejar de ser tu coach ☑

139

13

Dejo correr el agua caliente hasta que todos los cristales se velan: el espejo, la mampara, la ventana... Queda algo de luz en la calle. Decido quedarme en la penumbra. Podría seguir escondida en mi cuarto de baño un tiempo. Pero tampoco es mi estilo. Me meto en la ducha. Le he escrito a María para decirle que sentía mucho no quedar con ella esta noche, pero no me encuentro bien. Llevo una semana sin verla. Cuando leí los detalles de la convocatoria vi que la película contaba la historia de dos mujeres lesbianas. Intuyo que habrá muchas en el estreno y solo con pensar que María pueda tener un gesto cariñoso conmigo en público me pongo a sudar. Sé que voy a superarlo algún día, pero hoy no. Además, siento que la he traicionado. No debería haber quedado con Nina a sus espaldas.

Giro más a la izquierda el grifo del agua caliente. El agua arrastra la espuma, se desliza sobre mi piel; el calor alivia mis miembros. He mantenido a mis amigas al margen de todo este proceso, al margen de Corazones, de María, de Álex, de Nina... Pero la cabeza me arde y no aguanto más. Hasta el marinero más fuerte necesita en algún momento agarrarse a una balsa. Mi balsa es Nerea, la única persona en la que confío, la única que puede tirarme un vaso de agua fría a la cara, la única que sabe cuándo estoy de verdad a punto de cagarla. Desde que Carla dejó su trabajo para estudiar, Nerea cuida a niños con problemas en sus horas libres para sacar unos euros extra. La he llamado para preguntarle si hoy estaba ocupada. Toca el timbre cuando estoy saliendo de la ducha. Me abro paso entre las tinieblas del baño. Enciendo las luces. Okif monta guardia frente a la puerta, ansiosa. A veces pienso que quiere a Nerea más que a mí, igual que me sucede a mí misma.

—¿Ese tatuaje es nuevo?

Se refiere a un ojo dadaísta, de apenas tres centímetros de largo, que llevo en la cara posterior del muslo. Me encojo de hombros para quitarle importancia. La perra salta a sus brazos. Si algún día me marchara de Madrid, sé que se la dejaría a ella. Me parece ridículo tener que explicar el significado de un tatuaje. Hay cosas que solo te emocionan y ya, por eso merecen la pena. Cuando alguien me pregunta qué expresan, suelo inventarme una historia. A Nerea no me atrevo a mentirle. Es la última frontera. El día que la engañe no me quedarán más lianas a las que agarrarme.

Ella se dirige a la cocina y yo voy al dormitorio a vestirme. Vivo en la calle Arapiles, en la última planta de un bloque antiguo. Todas las habitaciones están conectadas del lado interior por un pasillo muy largo. Las habitaciones del otro lado dan a la calle y sus balcones llenan las estancias de una luz pulcra, como un mediodía al lado del mar. No tengo obras de arte en casa. Cuando monté la galería, no podía permitirme poner una segunda alarma aquí. Todo lo que tengo de valor, que son muy pocas cosas, está en Caleidoscopio. Aquí solo hay discos, libros y fotografías, que cuelgo de las paredes sin marco ni estructura, solo con una tira de celo. A veces, cuando se desprende, la cinta adhesiva se lleva una capa de pintura. El caleidoscopio de Nina es lo único que significa algo para mí, lo único que no podría sustituir si alguien entrara a robar.

Todo está decorado en blanco: los muebles, los sofás, las estanterías. No tengo plantas porque viajo demasiado.

La casa está sin recoger, pero con Nerea eso no importa. Está en la cocina. Escucho el tintineo de las botellas desde el dormitorio. Me pongo unos vaqueros y una camiseta vieja. Me quedo descalza. Es agradable invitar a alguien en casa y no tener que preocuparse de la etiqueta. Cuando salgo, veo que ha elegido una botella carísima. Sé que no tiene ni idea de cuánto cuesta y que lleva toda la razón del mundo: mejor gastarla con ella que con una persona que acabará por decepcionarme algún día. Como Nina. Así me siento ahora mismo. Estoy decepcionada con ella y con mi estupidez. Saco dos copas del aparador mientras Nerea descorcha la botella sujetándola entre las rodillas.

—Bueno, ¿cuál es el drama?

—Nina se ha presentado hoy en la galería.

—*Mare de Déu.* —Como no tiene mucha práctica, o quizá por el susto, Nerea ha vertido una gota de vino en su pantalón—. Venga, hombre, que son nuevos. ¿Me das algo para la mancha?

—¿Y qué te voy a dar? Sigo sin lavadora.

—No me lo puedo creer. Es que vives como un ermitaño, ¿eh? El frigo vacío, la pila llena de cacharros, sin lavadora... —Nerea se desabrocha los pantalones, se los quita y camina hacia el baño con ellos en la mano. Ahora entiendo por qué me ha preguntado sobre mi ojo. Ella también tiene un tatuaje. Muestra una guirnalda de flores. Me imagino, con lo poco que le gustan los cambios, que Carla le habrá ayudado a elegirlo. Me enternece imaginármelas en el mostrador de un estudio pensando qué le quedaría mejor. Nerea nunca habría superado su miedo a las agujas si no fuera por ella. Recuerdo que con quince años quisimos hacernos un *piercing* en un local de Lavapiés donde no hacían demasiadas preguntas. Casi le da un ataque de ansiedad. Cuando vio la máquina, se puso a llorar desconsolada mientras mascullaba palabras que yo no podía entender. Me asustó tanto que casi llamo a su madre.

—¿Estás?

—Estoy. Perdóname, pero el resto de la entrevista tendrá que ser en bragas.

—Si quieres, me solidarizo.

—Tú misma.

Me quito los pantalones casi de un tirón. Nos reímos. Es agradable sentirse en familia. Okif se sienta entre las dos. Ponemos música. Elijo un disco viejísimo, un recopilatorio de los temas de Dolls of New York. Estamos listas. Le cuento que Nina se ha presentado en la galería sin avisar, bella como un poema, y el corazón me ha dado un vuelco, que a duras penas he sabido reponerme y que la he invitado a comer, que me ha dejado plantada, y que, si no lo hubiera hecho, la habría invitado a casa. Y que durante estas horas he sentido que no lo estaba haciendo bien, que debía parar.

—Y eso que te frena... ¿Se llama Álex?

—Se llama María y... Creo que sí, que también se llama Álex.

Nerea entonces me dice que, cuando le hablé de ella en el barco, supo que había algo más. En la fiesta también la estuvo observando. Le fue sencillo localizarla por cómo me miraba y se acercó a decirle hola. Hablaron un buen rato. Ella le confesó que era amiga íntima mía y quería saber más de Corazones, por curiosidad. Según Nerea, Álex me admira. Aquella noche alucinó.

—Era como si se preguntara: «¿Y esta chica necesita mi ayuda?». Siempre te he dicho que te abras a probar cosas nuevas. Pero, cuando hablé con ella, tuve la impresión de que la nota discordante eras tú. Ella no está acostumbrada a tratar con mujeres tan complicadas.

A las cosas que le contó sobre Corazones y sobre el amor le vio mucho sentido, pero duda de que su interés en mí sea profesional al cien por cien. Le confieso que llevo días pensando en Álex. Al principio me obsesioné con ella solo con el fin de buscar defectos a sus teorías. Quería ponerle encima de la mesa las contradicciones de lo que intentaba explicarme.

—Es decir, calentándola.

—Solo quería demostrarle que el amor no se puede mercantilizar, que es imposible hacer consultoría de las relaciones humanas.

—Pero... ¿y a ti qué más te da? Si existe es porque la gente lo necesita... Además, no te he preguntado eso. ¿Te gusta o no?

—No lo sé. Pero lo cierto es que tampoco pensé que yo podría llegar a gustarle a ella. Me parece que es hetero. Le cuento que durante la cita fingida me sentí rara. O más bien que la sentí muy cerca y tocarla fue un acto muy íntimo. Podría haberme echado en sus brazos y me habría sentido bien.

—Si te sientes atraída por ella... No te entiendo, la verdad —dice Nerea mientras se retuerce la camiseta en un nudo por encima del ombligo—. ¿Estás segura de que no le gustan las mujeres?

—No estoy segura de nada. No sé si le atraigo. Algo me dice que sí. Ella me atrae, pero no sé si podría besarla. Hay complicidad. Me gusta hablar con ella porque me obliga a esforzarme, a pensar, a mirar el mundo de manera distinta. Pero es como si tuviera que ganarme su admiración todo el rato. Sin embargo, cuando pienso en María, lo único que quiero es estar con ella. No tengo que fingir, ni tengo que ser más. Solo ser yo.

—¿Sabes, Tania? Me encantaría conocer a María. Nunca me has presentado a ninguna de tus novias.

Después, Nerea dice que yo sola he respondido a todas mis preguntas y que tiene hambre. Nos reímos. Le cuento algo más, que Álex quiere dejar de ser mi *coach* y que estoy muy dolida. Ella me dice que cree que es lo mejor. Aunque lo niegue, se ha involucrado demasiado. Confieso que me gustaría que fuéramos amigas. Me imagino cenando con Álex en el restaurante en el que me dejó plantada Nina, con esos manteles de cuadros verdes, un día raro como un miércoles por la noche. Ella nunca me dejaría plantada, sé que buscaría a alguien de confianza para dejar a su niño y que solo faltaría si tuviera un problema de verdad. Desde hace días tengo ganas de pedirle que me enseñe una foto de su hijo.

—Y luego está Nina.

—Respecto a esa, ¿quieres un consejo? —Asiento con la cabeza—. No hace falta que le preguntes a Álex. Una persona que se presenta en tu trabajo sin avisar y con una maleta solo viene a hacerte pedazos.

Cuando Nerea dice eso vuelvo a mirar el móvil. Lo había dejado tirado encima de un montón de catálogos de exposiciones. Cero mensajes. Sospecho que la Nina que me gustaría tener en mi vida no va a llegar nunca. Me escribirá mañana o pasado diciendo que se quedó dormida, claro, por el *jet lag*. Y que la invitaron a una fiesta, que hacía siglos que no había estado en Madrid, que es una ciudad increíble. Y me hablará de la gente con la que estuvo, de los lugares que conoció, y no volverá a mencionar que me tuvo esperando durante más de media hora en un restaurante que había elegido para ella. Y que no se presentó. Y sé también que, si volviera a visitar Caleidoscopio sin previo aviso, temblaría entera. Porque cuando me miran esos ojos azul pálido se me caen todas las certezas y solo quiero creer que soy el amor de su vida. Pero no. Su caleidoscopio espera desde el otro extremo del salón. Está encima de una mesa que recogí de la basura.

Soy una cobarde que no sabe desprenderse de sus recuerdos, aunque sean violentos y me persigan como fantasmas. ¿No me he deshecho de él por miedo a perder a Nina? Tengo que hacerlo. Tengo que prepararme para esa batalla. Pero ahora no. Llevo el móvil a la cocina y vuelvo con una bolsa de nueces que estaba escondida en el cajón de las emergencias. Ahora tengo otras preocupaciones. Debo preguntarle a Nerea a qué se debe que una miedosa redomada vaya por la vida tatuándose flores mientras pedimos algo de cenar y nos acabamos la botella.

Consejos para una ruptura menos dolorosa

1

Elige el lugar y el momento adecuado

¿Maldivas? ¿La luna de miel?

2

Maneja los preliminares

Mmm

3

Muestra seguridad en tu decisión

4

No uses frases estereotipadas ni clichés como «no eres tú, soy yo» o «quería que nos diéramos un tiempo»

«Pero soy yo y un tiempo nos vendría muy bien»

14

Nikki Kos va a ser alguien en el mundo del arte. Lo he sospechado desde el principio, pero a veces también dudo de mi intuición. Creo que ella es la artista que he estado esperando desde hace tanto tiempo. Estoy hablando con galerías de otras ciudades europeas para que exponga su obra también allí. Ella está encantada y, aunque me preocupa que tantas noticias y la promesa de nuevos viajes la desconcentren, hace dos días me contó en qué está trabajando en este momento. Y es grande, muy grande, tan grande que no cabe en mi galería de la calle Fourquet. Ha vendido mucho y dice que nunca había concedido tantas entrevistas. Dice que la idea es arriesgada y que necesitamos más espacio. Así que he salido a buscar una sala porque también me ha contado que hay otros galeristas interesados en exponer la obra. Tengo que convencerla de que se quede conmigo.

Su nuevo proyecto se llama *Compañía Sentimental SLR*. Ha pedido permiso a una red social para ponerse en contacto con los dueños de sus perfiles, antiguos y recientes. Les ha solicitado usar sus datos para crear unas placas con su foto y los datos de su perfil. Colocará estanterías según categorías: *indies*, música contemporánea, con barba, con piernas largas, extrovertidos, de izquierdas... Y en cada una de ellas los perfiles de los interesados, impresos sobre una placa de metal, estarán colocados como libros. Se compromete a, si alguien encuentra el amor, donar la mitad de los beneficios de la venta de las placas. Eso sí: cuando identifiques la placa que te interesa, debes comprarla. El precio sería de mil euros. Y luego debes conquistar a esa persona. El premio solo se pagará a la pareja si llegan a pasar diez años juntos y pueden demostrarlo ante notario. Nikki no espera vender muchos perfiles. Sí espera, en cambio, que la obra haga pensar a la gente sobre lo efímero de las relaciones, lo poco dispuestos que estamos a invertir en ellas y el hecho de que, cada vez con más frecuencia, parece que los amantes solo buscan compañía sentimental a corto plazo. Es decir, que la búsqueda del amor se ha transformado en una falacia.

De momento, solo alquiler. Soñar es de valientes. En el fondo estoy deseando ampliar lo que hago en la calle Fourquet. Desde que recibí su llamada, he pasado horas pegada al teléfono buscando locales. Si lo que me ha contado Nikki por el teléfono se parece al resultado final, tengo que organizar una puesta en escena que trascienda más allá de lo que solemos hacer en Caleidoscopio. Quiero traer a coleccionistas extranjeros y periodistas de todas partes del mundo. Es un reto fantástico y una locura financiera a los que aún no sé cómo voy a hacer frente. He pasado varias semanas buscando locales y, por fin, creo que he dado con el bueno.

Durante este tiempo también he estado persiguiendo a Álex. Por primera vez desde que nos conocemos me ha hecho esperar. Ya no es aquella confidente que estaba siempre dispuesta a cogerme el teléfono. En un mensaje me dijo que le diera un poco de tiempo. Esta tarde me ha llamado. Su voz sonaba formal. Hoy he quedado con el dueño de la sala para que me entregue las llaves. No está lejos de la sede de Corazones y le he preguntado a Álex si podía pasarse por aquí. La estoy esperando. Sé lo que tengo que decirle, pero no consigo ordenar las frases en mi cabeza.

La nave tiene el doble de anchura que Caleidoscopio y también es más alargada. No solo lo es, sino que lo parece. Es un antiguo taller en las cercanías de la calle Menéndez Pelayo, pero el local ya ha sido reformado. Mientras que la galería ocupa el bajo de un edificio antiguo y con una planta irregular, este local es un espacio diáfano. La luz natural entra por dos partes: a través de las ventanas de la calle y por una cristalera que cubre toda la pared del fondo. Los últimos inquilinos tenían una empresa de tecnología. Algunas paredes están pintadas de colores brillantes. En otras hay ladrillo visto. Habrá que pintarlo todo de blanco. Solo de pensar en volver a hacerlo todo yo sola tiemblo. Llaman al portón de metal.

—¿Se puede?

A pesar de que queda muy poco para el verano, hoy ha vuelto a refrescar. Álex viste una gabardina con un toque muy clásico, de color *beige*. Parece una política en campaña. Está seria, pero se fuerza a sonreír.

—Bienvenida.

Pasa y observa el espacio. Me pregunta por qué la he citado en aquel lugar. Le cuento lo que ocurre. Le digo que creo que ha llegado uno de los momentos más importantes de mi carrera. También le confieso que estoy nerviosa, que espero estar a la altura. Me responde que todo va a salir bien, y noto que tiene una confianza ciega en lo que dice. Recuerdo la conversación que tuve con Nerea y siento esa presión de nuevo. Con ella tengo que ser mejor persona de lo que soy, con ella no me permitiría jamás un fallo. Por eso tengo claro lo que siento y sé lo que quiero decirle. Junto a la ventana del fondo hay dos pufs con forma de dado. Le digo que podemos sentarnos allí, pero rechaza el ofrecimiento.

—Antes de que digas nada, me gustaría hablar a mí primero —me dice con voz dulce, más de lo habitual, pero también firme—. No he sido del todo sincera contigo.

Me mantengo callada. Álex ha debido de sufrir mucho. La han abandonado y no hace mucho de eso. ¿Intentará explicarme por qué su pareja se marchó? Seguro que lo hace. Su rostro es el de una persona que se esfuerza en que la vean bien. Además, todos los días tiene que enfrentarse a los problemas de mujeres que no saben gestionar sus sentimientos. Su cabeza debe de ser un hervidero.

—No he hecho bien mi trabajo contigo. Hace mucho tiempo que tendría que haber dejado tu caso en manos de otro *coach*. Tania, me gustas. Me gustas mucho —dice con voz enrarecida. Luego, traga saliva.

»Al principio, lo tomé como una amistad inesperada. Ese tipo de chispa que, ya a ciertas edades, te sorprende. Y te sorprende porque cada vez es más difícil conectar con la gente. Incluso en trabajos como el mío pasan los días, las semanas, los meses.... Y todo el mundo te parece igual. No hay nadie que te llame verdaderamente la atención. Excepto algunas veces. Y esas veces... Tenemos un código de conducta que nos advierte sobre estas situaciones. En pocas palabras: sois clientes y no se nos permite nada más que la complicidad que da dinero. Y, en medio de tanta gente vestida de la misma manera, peinada de la misma manera, con problemas idénticos y con vulnerabilidades idénticas, llegaste tú. Me obligaste a saltarme el guion. Y me encantó. A pesar de que llevo una vida ordenada, que debe ser ordenada porque si no, no llego a todo. Un martes tontorrón veía que teníamos cita a media mañana. Y el día tenía un color diferente.

Álex se calla. La dejo darse una vuelta por la nave mirando sus pies porque sé que está buscando las palabras exactas.

—Voy a contarte un secreto. Me das mucho miedo. Nunca sé qué esperar de ti o, más bien, sé que lo que puedo esperar de ti siempre es lo inesperado. Y eso me encanta. Pero no me puedo engañar y esto que ahora mismo empuja mis palabras no se llama amistad. Por eso me harías muy feliz si lo que siento por ti fuera correspondido.

Se ha puesto a mi lado para decirme esto. Tiene las manos delante del cuerpo y, si yo no tuviera las mías cruzadas sobre el pecho, estoy segura de que las agarraría. Sus ojos muestran deseo y temor. Apenas puedo ver de qué color son. Los tiene casi cerrados, quizá de cansancio, quizá no ha dormido bien las últimas noches. De aquella mujer tan fría que podía pedirte tres mil euros sin pestañear, de la consultora de sentimientos, ahora mismo no veo nada. Pienso durante unos segundos en cómo sería estar con ella, acabar el día y llegar a una casa donde haya comida, calor y cariño, ir acompañada a todas partes de una mujer que cae bien, a la que la gente saluda, estar con alguien que se hace cargo de todo, que aporta soluciones y lucha por comprenderte.

—Álex, nunca podré agradecerte todo lo que has hecho por mí. Eres una mujer muy atractiva y estoy segura de que hay mucha gente que se muere de ganas por estar contigo. —Ella abre la boca y le hago un gesto para que espere—. Pero yo no soy una de esas personas.

No le confieso que me siento atraída por ella, porque sé que, si ve esa grieta, si insiste un poco más, voy a ceder. Que terminaremos en la cama y que por fin sabré cómo se siente besarla, si lo disfrutaré o no, si me rendiré a buscar esa vida perfecta que junto a Álex parece posible. Boda, mujer e hijo.

Se hace el silencio. Escuchamos cómo una tubería deja caer algunas gotas en una zona de la sala que no he podido localizar. Levanta una mano. Me acaricia la mejilla. Yo tomo sus dos manos con las mías, la miro con todo el cariño del que soy capaz. Después, las suelto. Ha oscurecido y las sombras han ocupado todos los rincones de la nave. Huyo de ella. Me acerco al cuadro de la luz para activar la iluminación. Habrá que cambiar la instalación: los fluorescentes vibran y su luz resulta demasiado fría. Cuando vuelvo al lugar donde estábamos hablando, me encuentro a Álex observando la punta de sus zapatos de tacón.

—Gracias por tu sinceridad.

Por primera vez desde que nos conocemos entiendo que no desea tomar la palabra. Está sumida en sus pensamientos. Supongo que debe de estar esperando a que yo diga algo más. Me doy cuenta de que apenas me ha preguntado qué nos proponemos hacer aquí. Sé que, por educación, en otro momento menos dramático sí lo habría hecho. Por educación. No nos motivan las mismas cosas. Ella aspira a ayudar a la gente. A mí los demás... me dan igual.

—Álex.

—¿Sí?

—Cuando dijiste que querías dejar de ser mi *coach* me di cuenta de lo que he cambiado estos días. Ahora entiendo mejor lo que siento y es gracias a ti. Me gustaría que siguieras trabajando conmigo.

—No será posible.

—¿Por qué?

—No voy a trabajar más en Corazones.

Comienza a cambiar el peso de un pie a otro, se gira y mira las paredes. Está buscando las palabras. Dice que su trabajo allí no es como se lo había imaginado. Le molestan los procedimientos de la empresa. Sabe que muchas personas que recurren a Corazones van a fracasar en su intento por encontrar el amor, no por que no lo merezcan, sino porque el amor no acude cuando lo invocas. No le gusta repartir promesas que no puede cumplir y cada vez se siente menos capaz de dar consejos sentimentales. O quizá solo está cansada, dice. Le pregunto qué va a hacer ahora. Me contesta que se tomará un tiempo y buscará un empleo más «canónico». Quiere hacer un máster en Psicología Clínica. Lo que le mueve es ayudar a las personas. Eso está claro. Creo que Álex no se imagina lo que me reconforta oírla hablar de sus cosas. Me acerco. La abrazo. Ella también me abraza y dejo que mi cuerpo pese en sus brazos. Huele a lavanda, como el primer día. Me pregunto si echará de menos que alguien se apoye en su hombro cada día, a última hora de la noche, cuando se sienta en el sofá y se deja vencer por el sueño mientras ve una serie en la televisión.

Vive
~~Gestiona con precisión~~ tu vida
~~sentimental~~

1

Lleva un diario de los datos importantes de tu pareja: aficiones, fecha de cumpleaños, nombre de sus amigos más cercanos *Quémalo después*

2

~~Memoriza cuáles son los mejores momentos de su agenda para quedar. Busca 1 o 2 momentos a la semana para veros~~ *Llámala cuando quieras*

3

~~Crea tu ritual de despedida: cuando digas adiós, despídete de esa persona con una fórmula que signifique el cierre definitivo y que te permita pasar página sin remordimientos~~

Nunca digas adiós. Una persona con la que has conectado en algún momento de tu vida es mucho más que una pareja potencial

15

Mueve la mandíbula en diagonal cuando algo de lo que escucha no le gusta. Lleva el pelo peinado con ondas de plancha fijadas con gel. No se agita a pesar de que acompañe con un aspaviento ligero de la cabeza las frases que quiere dejar muy claras. El tono de su pelo es aquel que en las cajas de tinte definen como chocolate. No me cae bien y no ha entendido ni uno solo de mis chistes.

—Entonces... ¿Dices que has tenido cuántas relaciones en el último año?

—Me aburre contarlas.

Me levanto de la silla. Parece que la sustituta de Álex no me traga. Su última pregunta ha terminado de abrirme los ojos. Ahora ya entiendo lo que Álex quería enseñarme con todas esas recomendaciones, con sus consejos sobre energías, con sus equilibrios imposibles... No hay atajos. Siempre tendré que manejar una cantidad enorme de incertidumbre. Siempre caminaré sobre una cuerda floja sin poder mirarme los pies. Necesito andar el camino para ir despejando las incógnitas, para saber si María es la persona adecuada para mí, para saber si lo será la próxima persona que conozca... Lo que tengo claro es que esta mujer no puede ayudarme. Ella me mira y ve a una marciana. Me despido de manera educada. Mientras cierro la puerta de la sala, veo que resopla como si se hubiera quitado una gran losa de encima.

La sede de Corazones nunca se queda vacía. Siempre hay mujeres nuevas sentadas en la sala de espera y dispuestas a buscar el amor. Las clientas me observan con reserva. Hoy son cuatro las que esperan a que las atienda su *coach*. Me pregunto si es la primera vez que vienen a la oficina, si a ellas también les ofrecerán saltarse la lista de espera si pagan todo el programa hoy mismo, si han venido preparadas para tener miles de euros menos en su cuenta al salir. Veo que Adelina también ha venido, pero en ella no queda nada de aquella mujer con un traje de lana azul demasiado abrigado. Dan está clavado en su silla de la recepción de Corazones, como siempre. Le informo de que me gustaría cancelar mi participación en el programa.

—¿Puedes sentarte un momento? —dice Dan, y descuelga el teléfono como una flecha.

Ocupo la silla que está al lado de Adelina. Viste vaqueros y camiseta blanca. Lleva los labios pintados de rojo y un montón de anillos de plata. Noto que quiere preguntarme algo, como la otra vez. Me encantan sus devaneos entre la discreción y el cotilleo. No seré yo la que le diga que salga corriendo, que no encontrará el amor aquí. No hace falta. Esa mujer ya tiene un pie fuera de la oficina de Corazones. Es una persona diferente a la que vi aquí el primer día y lo noto en sus gestos y su actitud. Escucho a Dan pisar las teclas con prisa. Después de un rato, me llama. Me pide que pase al despacho número 1. Entro y espero. Otro quirófano helado con una mesa y dos sillas. Sin ventanas. A los pocos minutos, abre la puerta. Lleva en las manos un cheque y dos copias de un documento. Dice que solo puede darme el cheque cuando firme el contrato de confidencialidad. Su valor es una parte ínfima de lo que pagué por el programa.

—Con el compromiso de que no publiques nada en redes sociales y que no hables a nadie de ello, en particular a la prensa.

No hace tanto que yo crucé el umbral de esta oficina porque no sabía cómo encontrar el amor. Dudo mucho que nadie sepa por qué nace el amor y por qué se pierde. Pero lo que sí sé es que a mí me ha hecho bien hablar de ello y saber que hay más gente que sufre por lo mismo que sufro yo, y que no hay recetas, ni conjuros, ni magia, que es un camino plagado de obstáculos. Dan ha traído un bolígrafo de color morado para que firme. Tiene un pompón en la parte superior que baila cuando escribes. Lo firmo pensando que vendrán muchas otras mujeres buscando respuestas y que no parece que sea la primera vez que Dan ofrece a una clienta firmar este documento. Me entrega mi copia del contrato y el cheque. Noto que exhala el aire que había contenido en los pulmones hasta ese momento. Le doy las gracias. Antes de salir, le cuento que voy a abrir una nueva sala. Quizá le interese ayudarme con ello: dirigir la reforma, vigilar a los operarios, vigilar los suministros... Y, luego, cuando abramos al público, recibir a la gente y ayudarme con los eventos.

—Pero yo no sé nada de arte.

—Eres listo. Aprenderás.

Se toca los brazos que se esfuerza en muscular sin que se note demasiado y se remete la camiseta en el pantalón con nerviosismo. Está contento. Creo que lo está visualizando. Le digo que lo piense unos días y me llame. Ha borrado mi número. Espero a que, con dedos temblorosos, lo apunte de nuevo en el móvil.

—Dan, tengo una pregunta para ti. ¿Quién es el dueño de Corazones?

—Si te lo digo, me matan. Pero son varios y no viven aquí.

—¿Dónde viven?

—Uno está en Londres y otro vive en Cabo Verde.

—¿Son españoles?

—Sí.

—¿Y qué edad tienen? ¿Tienen familia?

—No los he visto nunca. Solo hablo con ellos por chat y todo el papeleo lo hace una gestoría. No sé mucho y, si te digo la verdad, ni falta que hace. —Aprieta los labios para hablar—. No pagan tanto.

Nos despedimos rápido. Parece tener prisa por que me vaya. Al pasar por la sala de espera, solo quedan tres mujeres esperando. Adelina, la rockera de los anillos de plata, todavía está allí. Agito el cheque en el aire mientras la miro sin dejar de caminar hacia la puerta. Cuando la estoy cerrando, noto que está detrás de mí y que sale de la oficina siguiendo mis pasos. Al menos he salvado a una. O quizá ha sido ella misma quien se ha salvado. De repente, se me ocurre una idea. Sería bonito que formáramos una cadena, que esa mujer, después de dejar plantado a su *coach* en Corazones, avise a otra mujer que esté allí sentada, con la vana esperanza de que alguien le enseñe a encontrar el amor, de que allí no lo hará, y así sucesivamente, que poco a poco nos vayamos rebelando contra los que quieren que nos anclemos en una forma de querer que no tiene sentido.

Yo no quiero ser una diosa. No deseo quedarme la vida esperando a que sean otras las que manifiesten sus deseos hacia mí. No deseo convertirme en un templo de la energía femenina ni tener que ocultar que me van bien las cosas para que mis posibles amantes no se sientan intimidadas. No quiero ser el sujeto de una metodología ni que me instruyan en protocolos. No creo que exista un caso de éxito del amor, ni siquiera varios, y que todas debamos copiarlos para conseguir que alguien pase su vida con nosotras. ¿No es eso lo opuesto a enamorarse? La unión de dos personas es siempre impredecible. Hacer creer a las mujeres en algo distinto es hacerlas sufrir por el objetivo equivocado: la competencia de amar no se adquiere. Y lo peor de todo, ¿por qué hay dos tíos en Londres y en Cabo Verde haciéndose de oro con la angustia de las mujeres que no encuentran el amor?

—Ah, estás aquí. Empezaba a pensar que me había equivocado de sitio.

María ha llegado hoy de viaje y no tiene que pasar por la redacción. Le he mandado la ubicación de mi coche para encontrarnos. Lo he limpiado un poco para que no se asuste. Le propuse ir a recogerla al aeropuerto, pero me dijo que prefería ir a su casa, darse una ducha y después quedar conmigo. Lleva el pelo suelto y los rizos le caen por los hombros en cascada. Parece que le faltan horas de sueño, pero no quería pasar la tarde en casa. Yo le he dicho que quería estar con ella. Le entrego las hojas que acabo de firmar en Corazones. Y el cheque.

—¿Y esto?

—No lo cobres.

—¿Es la consultora esa de la que me hablaste?

Arranco el coche. El contrato estipula que esa cantidad es un intercambio de favores, es decir, mientras no cobre el dinero no estoy obligada a guardar silencio.

—Creo que ahí puedes tener una historia —le digo.

No estoy muy segura de lo que debe buscar. No creo que en Corazones hagan nada ilegal, pero no me parece justo que jueguen con nuestros sentimientos. Entiendo que María sabe hacer su trabajo. Le doy unas cuantas pinceladas sobre cómo captan a sus clientes, sobre sus agresivas estrategias comerciales y sobre sus jefes ausentes.

Llegamos al aparcamiento donde tengo alquilada una plaza. Apago el coche y miro a María. Tiene los ojos más grandes que he visto en mi vida. Quiero invitarla a que pase el verano conmigo, que viajemos juntas, que nos conozcamos más... Sin expectativas. He aceptado que puede pasar cualquier cosa, incluso que acabemos odiándonos. Salimos del coche. Le pido que me ayude con unas cosas. En el maletero había puesto las botellas y la comida que sobraron el día de la inauguración. Antes de cargar con ellas, atraigo a María hacia mi cuerpo y la beso. Deseo que sea el beso más bonito del mundo, que sienta que lo que va a pasar en unos minutos significa que voy en serio con ella. Luego me doy cuenta de que estamos en un *parking*. Huele a gasoil y el suelo está lleno de manchas de aceite. Pero qué carajo, la realidad no es una comedia romántica. Cuando salimos a la calle, me pregunta cuál es ese lugar tan misterioso al que nos dirigimos. «Mi casa», le digo, «pero no es lo que te imaginas». Camina oculta por una caja de cervezas y cargada con su bolso bandolera. Llamo a la puerta para avisar de que estoy allí. María me observa preguntándose por qué toco el timbre de mi propia casa. Alzo las bolsas para hacerle ver que voy demasiado cargada para sacar las llaves. Nos abre Nerea, que hace equilibrios con tres copas en una mano y una botella en la otra. Okif salta a mis pies y luego chupa la mano que le ofrece María.

—Tú debes de ser María, ¿no? —pregunta Nerea.

Del comedor llegan voces festivas. Nos hemos reunido en mi casa para levantar el ánimo a Sonia. Lo de la boda ya no tiene remedio. Ayer fue a cancelar su vestido de novia y se tiró toda la tarde llorando. María se queda cerca de la puerta mientras yo voy a la cocina a dejar todo lo que hemos traído. Desde allí, veo que Nerea la agarra de un brazo, se la pasa al salón y hace las presentaciones. Mientras, se va quejando de que no tengo nada en casa, que a ver cuándo se termina esa vida de ermitaña. Cuando vuelvo con algunas bolsas, platos y servilletas, mi amiga ya se ha encargado de quitarle el abrigo y colocarla junto a Carla, que le llena una copa de vino. Le preguntan a qué se dedica. Ella, tímida al principio, comienza a contar algunas de sus historias en el periódico. Como suelo hacer cuando todas gritan como gallinas lluecas, las escucho en silencio.

La velada transcurre entre risas, chistes y alguna copa que casi pierde el equilibrio. María parece cada vez más relajada. Voy a la cocina a por más hielo y ella me sigue, me coge de la mano y se pega a mi cuerpo con una intimidad nueva. Me sonríe y yo le sonrío por reflejo. Echa la cabeza sobre mi hombro.

—¿Quieres que me quede a dormir esta noche?

Las dos sabemos lo que quiere decir con «dormir». No me lo pienso mucho, porque sí, claro que quiero. Asiento sin decir nada, sin perder esa sonrisa que se ha instalado en mi cara. Llaman a la puerta y voy a abrir, entre las miradas de asombro de las otras, que saben que no falta nadie.

—Hola, Nina. Me alegro de que hayas venido.

Ella me saluda y se da cuenta muy rápido de que hay más gente en mi piso. Me mira extrañada. Le explico que estamos celebrando una pequeña reunión de amigas y que me encantaría que se nos uniera. «Quiero presentarte a alguien especial». Se queda plantada en el rellano sin traspasar la línea que divide mi casa de las zonas comunes. Como es su costumbre, lleva solo unas sandalias, aunque el buen tiempo se está resistiendo este año como nunca a llegar a Madrid. Se disculpa. Vacila. «Creía que era otro tipo de invitación», susurra.

—¿Podemos quedar otro día? —dice.

—Mañana salgo de viaje para Liubliana —respondo. Nikki está recibiendo cada vez más ofertas y necesito estar cerca de ella para fortalecer nuestra relación.

—Yo también me marcho en unos días.

—Pues otra vez será.

Ella me besa en la mejilla, se gira sobre sus talones y se acerca a las escaleras. Entonces, la agarro un momento del brazo y le pido que espere. Cuando paso al salón, Nerea pregunta quién es y las demás me miran extrañadas. No les respondo. El caleidoscopio se ha escondido debajo de un montón de facturas. Saco al dragón de su cueva de papel. En la puerta, Nina espera con los ojos enrojecidos. Se lo entrego. «Es un objeto muy especial. Creo que es mejor que lo tengas tú». Ella se limpia una lágrima y, sin mirarme, se marcha. Espero, de todo corazón, que le traiga suerte.

Epílogo

Al lado de las fotos que Álex había compartido conmigo, Leo parece todo un hombrecito. Su madre se ha esforzado en ponerlo guapo. Tiene el pelo recién peinado y humedecido con algún producto con el que Álex ha intentado poner coto a los remolinos que gobiernan su cabeza, del mismo color de las hojas que tiñen de pardo el suelo del parque. Es noviembre, pero todavía no hace demasiado frío, así que lleva un plumífero sin mangas de color verde militar, un color para gente seria. No sonríe. Tiene una mirada desconfiada cuando le digo hola y frunce los labios cuando su madre le pide que salude, que sea simpático. Luego, ella se deja vencer por el carácter de su hijo y me besa en la cara con un «qué voy a hacer con él» viajando en el aire.

—Dejarle ser como es —le respondo.

Ella sonríe y no necesito que asienta porque, tratándose de Álex, sé que la queja es ficción. Ella comienza a explicarme qué película acaban de ver, no sé qué chismes sobre el cole del niño y que, por si la cosa se pone fea, la canguro, que vive a dos manzanas, está avisada de que tiene que venir a por él. La veo más guapa que de costumbre. Terminó la carrera de Psicología y está haciendo un máster en Psicología General Sanitaria en una universidad privada de Alcobendas. Dice que están estudiando casos de todo: mujeres maltratadas, niños con TDAH, personas con esquizofrenia, estrés postraumático, «de todo, Tania, de todo, está genial». Y sé cuando lo dice que, aunque finja cierta desafección con los problemas de la gente, está mucho más implicada de lo que quiere reconocer. No hemos dejado de vernos aunque, según el trabajo que ambas tengamos, se nos pueden pasar semanas sin quedar. Si su ausencia llega a preocuparme, le mando un emoticono cualquiera, el más raro que vea en ese momento y siempre responde mondándose de risa. Quedamos, nos vemos, hablamos. Hoy es la primera vez que viene Leo y, en su manera de no dejarme intervenir en la conversación, intuyo que está nerviosa. He «accedido», la palabra es de Álex, a un plan de niños. Pasaremos un rato en el parque y después cenaremos *pizza*. Desde que salió de Corazones ha tenido alguna cita. Yo, no demasiadas. María se ha marchado a Budapest después del verano, pero seguimos viéndonos. Se fue con condiciones y una de ellas era que siguiéramos juntas. Después de sopesarlo, acepté. Así que puede decirse que, por primera vez en muchos años, tengo algo así como un compromiso. He sacado billetes para ir a verla el próximo fin de semana y, debo confesarlo, estoy deseando estar con ella. Reconozco que la echo de menos, aunque a ella aún no se lo he dicho. Quizá este fin de semana. Quizá no aguante más y se lo diga mañana. No sé.

El otoño ha tardado en llegar y la verdad es que nada me apetece menos que refugiarme en la galería a esperar que llegue el frío pagando facturas. ¿Por eso he quedado con Álex y su hijo a jugar en el parque? Puede que me esté ablandando un poco. Leo se ha tirado en plancha al montón de hojas que acumulaba un barrendero en la esquina del parque. Álex le increpa indignada. Cuando vuelve a sus juegos, me mira buscando con sus ojos la complicidad que le profeso. La veo feliz, mucho más feliz de lo que podría hacerle cualquier pareja.

Cuéntanos qué te ha parecido este libro.

les_editorial
LESeditorial
LESeditorial
LESeditorial
leseditorial

www.leseditorial.com
info@leseditorial.com

Pasa la página >>>

Y sé también que,
si volviera a visitar
Caleidoscopio sin
previo aviso,
temblaría entera.
Porque cuando me
miran esos ojos
azul pálido se me
caen todas las
certezas y solo
quiero creer que
soy el amor de su
vida.